I0640784

TRA LAME E SANGUE

GHIACCIO CREMISI
LIBRO 1

WILLOW FOX

SLOW BURN PUBLISHING

UNO

HARPER

La neve ha ricoperto la città, rendendo le strade pericolose, eppure, in qualche modo, abbiamo comunque lezioni a cui partecipare. Non importa che fuori ci siano venti gradi sottozero, considerando il fattore vento, o che le mie dita stiano congelando dentro i guanti.

Gli autobus del campus ci portano dai dormitori ad alcuni degli edifici. Ma provare a salire su uno di quegli autobus con questo freddo glaciale? Buona fortuna.

Saltare le lezioni non è un'opzione. Ho commesso quell'errore durante il primo semestre del mio primo anno. Non lo farò di nuovo rischiando la mia borsa di studio.

Avevo bisogno di una tazza di caffè bollente, ma era nella direzione opposta rispetto alla lezione. Mi sono trascinata fuori nella neve, i miei stivali foderati di pelliccia mi tengono i piedi bene al caldo, ma le gambe, invece, si stanno intorpidendo rapidamente.

Cosa ci faccio a camminare verso la lezione in questa bufera? Spero almeno che il nostro professore si presenterà.

«Odio l'inverno,» borbotto tra i denti.

«Cosa hai detto?» Una voce maschile mi raggiunge mentre aspetto di attraversare. Le strade sono scivolose; lo spazzaneve non è ancora passato in questa zona. Probabilmente stanno ancora cercando di evitare che l'autostrada diventi impraticabile.

Alzo lo sguardo verso di lui. I suoi occhi scuri brillano nella luminosità della neve che ci circonda.

«Fa freddo,» dico, constatando l'ovvio. Sto praticamente saltellando da un piede all'altro per restare al caldo. Giurerei di averlo già visto in giro per il campus, ma non mi sembra di riconoscerlo e non so se abbiamo frequentato qualche corso insieme.

Il campus dell'Università di Evergreen non è piccolo, con più di ventimila studenti, ma normalmente si riconosce qualche volto dovendo fare lo stesso percorso ogni giorno per andare a lezione.

«È inverno,» dice con una risata calorosa. È profonda e calda, e mi offre un sorriso amichevole. Il semaforo cambia e io mi affretto ad attraversare l'incrocio. I miei piedi scivolano e quasi perdo l'equilibrio.

L'affascinante sconosciuto mi afferra il braccio, sostenendomi. «Attenta,» mi avverte, tenendomi in piedi.

Il mio cuore batte forte nel petto. «Grazie.»

Non ha ancora lasciato la presa mentre attraversiamo la strada.

«Puoi lasciarmi, sto bene,» dico.

Sento il calore del suo sguardo, e se le mie guance non fossero già rosse per il freddo, starei sicuramente arrossendo.

«Se insisti,» dice, lasciando la presa. Il calore che

emanava svanisce velocemente com'è arrivato, e mi sento ancora più infreddolita di prima.

Posso sentire il calore del suo sguardo mentre camminiamo, i suoi occhi prima su di me e poi davanti a sé. Ogni tanto, il suo braccio sfiora il mio attraverso i nostri spessi giubbotti. È solo per sbaglio. Ne sono sicura.

«Ti va di prendere un caffè?» chiede.

Forse non è per sbaglio.

«Non posso. Devo andare a lezione.»

Pensa davvero che sarei fuori con questo freddo se non fosse necessario? Il vento gelido è brutale, mi fa bruciare le guance. Anche con il berretto in testa che mi copre le orecchie, sono comunque congelata.

«Intendevo dopo. Sono Ashton,» si presenta. «E tu sei?»

«In ritardo per la lezione,» dico, guardandolo. I suoi occhi scuri mi riscaldano, ma non ho tempo per questo, né per lui né per niente di tutto ciò. «È stato un piacere conoscerti, Ashton,» dico mentre mi avvicino all'edificio.

«Non ho capito il tuo nome,» dice Ashton, il suo sguardo speranzoso che indugia su di me un po' più del necessario.

La mia mano guantata afferra la maniglia della porta. «Perché non l'ho detto.» Sorrido maliziosamente. Tiro la porta e vengo accolta da una folata di calore che mi colpisce in faccia.

Mi affretto lungo il corridoio, togliendo cappello e guanti, infilandoli nella tasca del giubbotto prima di sbottonare quella mostruosità. Entro in classe e prendo posto al centro dell'auditorium.

«Ehi, McKenna,» dice Luca, venendo a sedersi accanto a me.

«Ricci,» dico, chiamandolo per cognome. È un bel tipo, e lo sa. Essere una stella dell'hockey dell'università non sembra certo danneggiare la sua vita sentimentale. Ha scritto *dongiovanni* su tutta la sua faccia spavalda.

Perché voglia sedersi accanto a me è incomprensibile. Ci sono un sacco di posti liberi nell'auditorium. Tiro fuori il mio portatile dallo zaino e lo accendo.

«Weekend divertente?» mi domanda, e sono sicura che lo sta chiedendo solo per potermi raccontare tutto del suo fine settimana.

«Sì, è stato fantastico.» Non elaboro. La mia compagna di stanza, Quinn, e io non andiamo esattamente d'accordo, e a lei piace portare ragazzi in camera, il che significa che sono praticamente cacciata dalla stanza quando si divertono a ballare il tango senza pantaloni.

Cosa che sembra succedere ogni weekend e ogni volta che ha l'opportunità di incontrarsi con un ragazzo.

L'obbligo per le matricole di vivere nel campus nei dormitori con uno studente del secondo anno è la peggiore idea immaginabile. Chi ha pensato che fosse una buona idea? Qualche idiota che non aveva vissuto in un campus da diversi decenni.

«Dovresti venire a una delle nostre feste,» dice Luca.

Mi sta davvero invitando a una festa?

Perché?

Qual è il vero motivo, dato che so che non è minimamente interessato a me? In effetti, se non pensassi che fosse altro, sono conscia che la ragione per cui si siede proprio accanto a me è per copiare i miei appunti durante la lezione. Sono abbastanza sicura che sia l'unico motivo per cui si siede vicino a me.

Sono molto brava a prendere appunti.

«Ci penserò,» dico.

Sorrido educatamente e sono sollevata quando il nostro insegnante entra nell'auditorium e la lezione inizia.

Luca sembra un bravo ragazzo, ma le sue priorità sono l'hockey, le ragazze e il divertimento. Non sono sicura se questo sia l'ordine esatto; potrebbe mettere le ragazze o il divertimento al primo posto, ma è un discreto giocatore di hockey, da quello che ho sentito dire in giro per il campus. Non sono mai andata a una delle loro partite, e non ho intenzione di farlo.

Appena finisce la lezione, mi imbacucco di nuovo nel mio cappello, guanti e giacca oversize. «Pronta ad affrontare le intemperie?» chiede Luca. Indossa un cappotto di lana nero che non sembra particolarmente caldo.

«Dovrei chiederlo io a te,» dico, lanciandogli un'occhiata.

Mi rivolge un sorriso ironico, si sistema un berretto sulla testa per tenersi al caldo e infila le mani nelle tasche. «Sono un gufo delle nevi,» dice. «Il freddo non mi dà fastidio.»

Sbuffo sottovoce. «Sì, certo,» mormoro, poco convinta. È proprio al mio fianco, cammina con me fuori e attraverso il cortile verso la nostra prossima lezione. Almeno non devo attraversare strade piene di neve sciolta, quindi ci sono poche possibilità che scivoli e cada come prima.

Il vialetto è stato ripulito, e c'è del sale che finalmente sta sciogliendo parte del percorso. Il suo respiro è visibile mentre cammina accanto a me, ma non trema nemmeno un po'.

Mi affretto fuori, desiderosa di sfuggire al clima gelido. «Buona giornata,» mi dice mentre mi dirigo verso l'edificio.

«Anche a te,» gli grido da sopra la spalla e afferro la maniglia della porta.

Lui non ha lezione nell'edificio Fitzroy ma mi accompagna sempre alla mia prossima lezione. Ho sempre pensato che fosse perché si trova nell'edificio Cooper appena dopo il Fitzroy. Mi volto a guardare attraverso le finestre di vetro e lo vedo girarsi, tornando nella direzione da cui siamo appena venuti.

Ha dimenticato qualcosa?

————

«Dimmi se questo è strano,» dico a Kensley. Siamo entrambe matricole e abbiamo due lezioni insieme. Prendiamo il pranzo alla tavola calda del campus e conquistiamo un tavolo prima che diventi troppo affollato.

«Racconta,» dice Kensley, incuriosita.

«Luca Ricci mi accompagna a lezione da due settimane.»

«Cosa?» Gli occhi di Kensley si spalancano. «Il centravanti dell'Università di Evergreen. È un po' strano.»

Le lancio un'occhiataccia. «Non è questa la parte strana.»

Lei sorride maliziosamente. «Continua.»

«Pensavo che avesse lezione nell'edificio Cooper visto che mi accompagna fino al Fitzroy, ma questa mattina l'ho visto girarsi e dirigersi nella direzione opposta.»

«Potresti semplicemente chiedergli dove ha la prossima lezione,» dice Kensley, constatando l'ovvio.

«Oppure?» Spero che abbia un altro suggerimento, qualcosa di meno diretto. Non voglio che Luca Ricci pensi che mi stia innamorando di lui, perché non è così.

«Seguilo dopo che ti accompagna a lezione,» suggerisce Kensley.

«Non ho intenzione di pedinarlo.»

«Giusto. O potremmo optare per l'opzione numero tre.»

«Che sarebbe?»

«Ehi, McKenna.» Luca arriva da dietro.

Ovviamente, Kensley l'aveva visto arrivare.

Avrebbe dovuto avvertirmi.

«Ricci,» dico, fissandolo. La mia bocca diventa secca, ogni pensiero razionale abbandona il mio cervello.

«Sono Kensley,» dice la mia amica, presentandosi.

«Luca,» risponde lui, con un sorriso storto e un cenno del capo. «Stavo per pranzare. Vi dispiace se mi unisco a voi?»

«Assolutamente no,» dice Kensley, rispondendo prima che io abbia l'opportunità di rifiutare.

Lui si dirige verso il bancone, prendendo il suo cibo mentre io fulmino Kensley con lo sguardo.

«Che ti è preso?» le chiedo.

Lei si affretta a mangiare l'ultimo boccone del suo pranzo e si copre la bocca con la mano quando parla. «Sto solo dando una mano a un'amica.»

La fisso mentre si alza, ingoiando l'ultimo morso del suo panino. «Non te ne andrai, spero.»

«Buon appuntamento a pranzo.» Sorride e mi fa l'occhiolino.

Vorrei ucciderla. Luca è carino, ha occhi da sogno e un bel corpo, ma non c'è modo che io sia il suo tipo.

Zero possibilità.

Potrebbe avere qualsiasi ragazza in questo campus, il che porta alla domanda: cosa vuole? È ovvio che voglia qualcosa. Semplicemente, non ho ancora capito cosa.

Luca si avvicina al nostro tavolo proprio mentre Kensley raccoglie la sua roba, pulendo. «Devo andare, ma la mia amica non ha lezione per un paio d'ore,» dice.

Ora non posso nemmeno inventare una scusa per andarmene. Le farei il dito medio, ma Luca mi sta guardando. E come glielo spiegherei?

Il suo sguardo intenso non vacilla mentre mi studia. Mi fa accelerare il cuore e arrossire le guance.

Non mi innamorerò di lui.

«Dovreste assolutamente venire entrambe alla festa a casa nostra stasera,» dice Luca.

È per questo che mi sta seguendo oggi? Ha già accennato a una festa che stava organizzando, e questo non è il primo invito, ma vorrei che fosse l'ultimo. Non vado alle feste, almeno non a quelle con fusti di birra e atleti, che portano probabilmente a decisioni sbagliate.

Non posso permettermi altre decisioni sbagliate.

«Ci saremo. Dai i dettagli a Harper. Ci vediamo dopo,» dice Kensley.

L'ultima cosa che voglio fare stasera è partecipare a una festa nel campus con la squadra di hockey. Ma la mia migliore amica ha appena detto a Luca Ricci che ci saremo.

La fulmino con lo sguardo, ma la ragazza sembra non accrogersene, o forse non le importa. Le voglio bene da morire, ma quella morte sembra avvicinarsi parecchio in questo momento.

Non dico nemmeno addio a Kensley. Sono arrabbiata con lei, ma non credo che Luca se ne accorga. È troppo occupato a scrutarmi l'anima. Almeno è così che mi sembra, qualcosa di intimo, visto il modo in cui il suo sguardo mi osserva.

Lui prende il posto che lei ha abbandonato, sedendosi di fronte a me. «È stato un piacere conoscerti,» dice, ma non guarda nemmeno nella sua direzione. «Ci vediamo stasera.»

Il suo sorriso caloroso potrebbe facilmente essere interpretato come flirt, ma non sta facendo contatto visivo con lei. Vorrei distogliere lo sguardo. Desidero staccarmi dal calore che cresce tra noi. Lo stomaco mi si capovolge, e giuro che le farfalle tremano nella mia pancia e si spostano più in basso.

Cazzo.

Non proverò sentimenti per Luca Ricci.

Azzardo un'occhiata alla mia migliore amica, avendo bisogno di una pausa dal suo sguardo. Kensley sorride e saluta prima di schizzare fuori dalla mensa.

«Amica o coinquilina?» chiede lui. Finalmente abbassa lo sguardo sul suo cibo, solo per una frazione di secondo, e ho la sensazione di poter finalmente respirare di nuovo.

«Amica,» dico. «Io e la mia coinquilina non andiamo esattamente d'accordo.»

Lui scarta il suo panino continuando a darmi la sua completa attenzione. «Fammi indovinare, sei una matricola e ti hanno abbinata con una studentessa del secondo anno che non vuole avere niente a che fare con te.»

«È così evidente?»

Luca sorride, e quegli occhi tornano su di me, facendo fare capriole al mio stomaco. «È la maledizione della matricola. Succede a ogni matricola che abbia mai frequentato Evergreen. Ci sono passato anche io e, cavolo, quanto fa schifo.»

«Qualche consiglio amichevole?» chiedo, guardandolo, speranzosa che possa effettivamente aiutarmi con la situazione di Quinn. Non so perché lo chieda, forse perché è qualcosa che abbiamo effettivamente in comune, oltre a Economia 101.

Lui ride e scuote la testa. I suoi capelli folti gli coprono gli occhi per una frazione di secondo prima che li scuota via.

«Se è come il mio coinquilino di allora, tieniti semplicemente alla larga da lei,» dice Luca.

Non c'è da meravigliarsi se tutte le ragazze cadono ai suoi piedi; ha quell'aspetto da bravo ragazzo, fascino e carisma. Per non parlare del suo corpo. Non diventi un atleta stando seduto sul divano a mangiare patatine tutta la notte.

Perché ha questo effetto su di me?

È solo un ragazzo. Certo, è piacevole alla vista, e quel sorriso mi riscalda fino al midollo, ma è sicuramente un guaio.

So che è lussuria, ma come posso provare desiderio per qualcuno che conosco appena? Non mi piace nemmeno particolarmente, ma il modo in cui il mio corpo reagisce mi sta tradendo.

Devono essere gli ormoni e il fatto che è passato un po' di tempo da quando sono finita nel letto di un ragazzo.

«Che anno frequenti?» chiedo. Non so perché, ma avevo dato per scontato che fosse una matricola anche lui, probabilmente perché siamo entrambi in Economia 101, un corso obbligatorio per laurearsi e, ragazzi, quanto fa schifo.

«Secondo anno,» dice.

«Fammi indovinare, sei quello che sta torturando una matricola quest'anno.» Sembra il tipo che farebbe passare un inferno a qualcuno. Probabilmente, si vanta con la squadra di quanto sia patetico il suo coinquilino matricola quest'anno.

Luca ridacchia e scuote la testa. «No, vivo nel campus con un paio dei miei compagni di squadra.»

I miei occhi si spalancano, sorpresa che non viva nei dormitori. Fortunato.

«Giochi a hockey,» dico, affermando l'ovvio.

Sono abbastanza sicura che tutti all'Università di Evergreen sappiano chi è Luca Ricci e che giochi a hockey. È uno dei loro migliori giocatori. È un'informazione piuttosto comune nel campus e in città.

Il suo sorriso si allarga ancora di più. «Sei venuta alle mie partite?»

Scuoto la testa. «Tutti sanno chi sei. Sei una specie di celebrità dell'hockey qui. Ti prendi tutte le ragazze, probabilmente anche voti alti senza sforzo. Ho ragione?»

«Mi guadagno i miei voti,» dice Luca, con lo sguardo fisso sul mio, «ma me la cavo discretamente.»

Non sono sicura se il suo riferimento a *discretamente* riguardi le ragazze o i voti. Importa? Non dovrebbe interessarmi. Non m'interessa. Almeno, è quello che dico a me stessa.

«Tieni, dammi il tuo numero di telefono.»

«Scusa?» Rido per la sua audacia.

«Mi manderò un messaggio, così avrai il mio. La

prossima volta che questa del secondo anno ti dà problemi, fammelo sapere.»

«Non ho bisogno che tu combatta le mie battaglie,» dico.

Anche se forse averlo dalla mia parte non sarebbe così male. Ha molta influenza nel campus, e la mia coinquilina è pazza per i ragazzi. Non che vorrei farli mettere insieme. Lo stomaco mi si contrae all'immagine dei due che si avvinghiano tra le lenzuola.

Non ho più fame.

«Dammi il tuo telefono, Harper,» dice Luca, con la mano tesa, rivolta verso l'alto, in attesa che io lo depositi nel suo palmo.

Non usa mai il mio nome. Sono sorpresa che sappia persino qual è.

Con un sospiro rassegnato, prendo il cellulare dalla tasca della giacca, lo sblocco e glielo porgo.

Il suo pollice mi sfiora il polso, una carezza leggerissima sulla pelle nuda. «Brava ragazza,» dice, con gli occhi su di me prima di abbassare lo sguardo e inviarsi un messaggio dal mio telefono.

Le sue parole mandano un caldo ronzio che vibra attraverso il mio corpo. Non posso spiegare le sensazioni pulsanti che la sua voce suscita con quelle due semplici parole e il lieve sospiro che mi sfugge dalle labbra, involontario.

Ma che diavolo era quello, e perché all'improvviso voglio sentirlo dire di nuovo?

DUE

LUCA

Sto cercando di farmi notare da Harper.

Camminare con lei dopo le lezioni non è affatto una coincidenza, specialmente considerando che ho finito fino al tardo pomeriggio e solitamente o torno indietro per prendere qualcosa da mangiare o vado al mio appartamento.

Lei non se n'è ancora accorta, e questo mi regala qualche minuto in più con lei. Visto che abbiamo cerchie sociali diverse, non la incontro mai al di fuori delle lezioni di economia.

Non sono uno stalker, ma se avessi il suo orario settimanale, sicuramente farei in modo di incrociarla più spesso.

Ashton prende una birra per sé dal frigorifero. «Ne vuoi una?» mi chiede, con il frigo spalancato. Gli ospiti stanno invadendo l'appartamento. C'è ben più di qualche persona che intende passare la serata qui stasera.

Ashton Rinaldi è il re delle feste. Gli piace far sentire tutti a proprio agio, e questo significa invitare tutti quelli che conosce e anche quelli che non conosce bene. Dovrei essere incazzato, ma finisce sempre per invitare più ragazze che ragazzi, quindi di solito non è una brutta serata. C'è sempre qualcuna disponibile per un'avventura.

«Ho conosciuto la ragazza perfetta questa mattina» dice Ashton, stappando la sua birra. «Capelli biondi, occhi scuri e misteriosi, corpo da urlo.»

«Questa descrizione si adatta a cosa, il quindici percento della popolazione studentesca?» ribatto sarcastico.

Ashton alza gli occhi al cielo. «Non ho capito come si chiama, ma giuro che la sposerò.»

Ashton Rinaldi non sembra proprio il tipo da matrimonio. Probabilmente perché lascia che tutte le puck bunny giochino con la sua mazza da hockey, non tutte insieme. Anche se non è contrario a farlo con un paio di ragazze contemporaneamente. Ho sentito i rumori che vengono dalla sua camera; decisamente non si tratta sempre di una situazione a tu per tu.

«Hai perso la testa» dico, sogghignando mentre bevo un sorso di birra.

«Sì, probabilmente è così, ma ne varrebbe la pena.» Ashton è decisamente ubriaco e forse un po' delirante quando si tratta di ragazze. Ma come potrebbe non esserlo, dato che ogni volta che punta qualcuna non viene mai rifiutato?

«E non hai preso il suo numero?» chiedo.

«Non ha voluto dirmi nemmeno come si chiama» borbotta Ashton. «Ma frequenta sicuramente Evergreen, quindi la rincontrerò.» È fiducioso nella sua capacità di convincere qualsiasi ragazza a finire nel suo letto, cosa non difficile, dato che la maggior parte delle donne fanno loro la caccia.

«Sembra una cotta colossale.» Rido del suo essere triste. Non l'ho mai sentito parlare di una ragazza in questo modo, ma sono sicuro che una volta portata a letto, l'interesse svanirà. È Ashton. È quel tipo di ragazzo che, una volta tolto il giocattolo dalla scatola, perde interesse. Non è mai andato a letto con la stessa ragazza due volte.

Sbuffa. «Non è una cotta.»

«Certo.» Scuoto la testa incredulo. Potrei prenderlo in giro per ore, ma preferisco parlare con le ragazze.

Prendo un'altra birra e mi faccio strada per la casa, curioso di vedere se Harper è arrivata. Dubito che questo sia il suo ambiente, ma se sono fortunato, la sua amica l'avrà trascinata fuori stasera e potrò passare un po' di tempo con lei al di fuori della lezione.

Ma realisticamente, non mi faccio illusioni.

Quella ragazza è troppo per me. È intelligente, sofisticata, e conosco il suo tipo; non esce con gli atleti. Il fatto che io sia un giocatore di hockey gioca a mio sfavore. Il che me la fa piacere ancora di più, probabilmente perché ho zero possibilità di finirci insieme.

Il mio stomaco affonda nel momento in cui vedo una ragazza con i capelli scuri spinta contro il muro mentre si bacia con uno dei nostri compagni di squadra.

«Oh, cazzo no!» Mi precipito attraverso la stanza, afferro Chase Lancaster per il braccio e lo strappo via da Nova. Questa ragazza per me è praticamente una sorella. Ha anche solo diciassette anni e non ha alcun motivo di trovarsi alla nostra festa.

«Ma che cazzo, amico?» ringhia Chase, e io lo spingo via, facendolo barcollare all'indietro di diversi passi, in mezzo a un gruppo di persone.

«È minorenne,» sibilo, e lui alza le braccia in aria.

«Non lo sapevo.» Guarda da me a Nova. «Sul serio?» I suoi occhi scrutano il corpo di lei, cercando conferma.

Lei forza un sorriso, e giuro che sta provocando sempre di più ora che non vivo più a casa. Vestita con una minigonna di pelle nera e un top corto, il suo addome mette in mostra il piercing all'ombelico. Non c'è alcuna possibilità che sua madre e suo padre sappiano di quel piercing.

«Vieni con me.» Non è una domanda ma un ordine. Afferro Nova e la trascino di sopra, spingendola nella mia stanza. Apro con uno strattone il mio armadio e prendo una felpa dalla gruccia, lanciandogliela. «Mettiti questa.»

«Non puoi comandarmi come fa papà,» Nova mi guarda male, ma afferra la felpa tra le mani. Non fa alcuna mossa con l'indumento, sostenendo il mio sguardo.

Mi sta sfidando, cazzo?

«Devo mettertela io?» ringhio.

Nova ha due anni meno di me. Siamo cresciuti nella stessa casa. Suo padre lavora per mio padre, il capo della Mafia italiana.

E come un fratello, il mio compito è proteggerla.

«Non fare lo stronzo, Luca.» I suoi occhi si stringono. «Mi stavo divertendo di sotto.»

«Con Chase?» Mi strozzo con le sue parole, tossendo, cercando di schiarirmi la gola. «Lui vuole solo sesso, e tu sei minorenne.»

«Ho diciassette anni. Lui è solo un anno più grande, e tra poco ne avrò diciotto.»

Mi rifiuto di vedere il suo punto di vista. «No. Non dovresti nemmeno essere qui stasera.»

«E perché no?» chiede Nova.

Finalmente si infila la felpa sopra la testa, facendo passare le braccia attraverso le maniche, cosa che le fa ottenere la mia approvazione, anche se non la lascerò restare comunque.

«A parte il fatto che sei minorenne e questa è una festa universitaria?»

Nova si stringe nelle spalle e incrocia le braccia sul petto. «L'anno prossimo sarò all'università. Forse prima. Mi diplomerò con un semestre d'anticipo.»

Vorrei essere fiero di lei, ma sono incazzato nero che si sia presentata qui e che si sia baciata con il mio compagno di squadra.

«E l'anno prossimo potrai partecipare a tutte le feste che vorrai. Non ti fermerò.»

Lei sbuffa. «Sì, certo.» Un sorriso si forma all'angolo delle sue labbra. «Sarai controllante esattamente come tuo padre. Ce l'hai nel sangue.»

«Non sono mio padre.» La mia mascella si serra e digrigno i denti, ribollendo di rabbia. Il mio sangue si gela al solo pensiero di quell'uomo, Dante Ricci. È un assassino. Un criminale. L'uomo che paga persone per uccidere, così da non doversi sporcare le mani. Usa persone come il padre di Nova per quei lavori.

Lei giocherella con l'orlo della felpa e guarda verso la porta. «Nessuno di noi vuole essere come i nostri genitori. Per favore, ho solo bisogno di una notte lontana da tutto.» La sua voce supplicante è sufficiente per farmi cedere, perché so fin troppo bene cosa sta passando.

«Non guiderai per tornare a casa,» le avverto. Conosco la ragazza, si procurerà dell'alcol di nascosto, e a meno che non le faccia da babysitter tutta la notte, finirà ubriaca. «Resterai qui.»

I suoi occhi si illuminano, e immagino che stia facendo un balletto nella sua testa, avendo ottenuto esattamente ciò che voleva. La mia mascella è tesa, e mi schiarisco la gola. «Puoi stare nella mia stanza. Io prenderò il divano.»

«Sei il migliore!» strilla Nova, felicissima della mia offerta.

«La prossima volta, chiama prima di presentarti così.» Non sono contento che sia qui, ma non ho nemmeno voglia di mischiarmi con le ragazze di sotto. Inoltre, non ho intenzione di lasciare Nova da sola stanotte, e non ho esattamente un letto per un'avventura di una notte, il che mi mette in una posizione un po' scomoda.

«Promesso,» dice Nova con un sorriso e intreccia il suo mignolo con il mio.

Le afferro il braccio, nascosto dietro la schiena, le dita incrociate. «Sei proprio una mocciosa.» Alzo gli occhi, apro la porta della camera da letto e le faccio cenno di tornare di sotto.

Dirigendomi verso le scale, il mio sguardo si blocca su Harper mentre sta parlando con Ashton. Lei alza lo sguardo verso di me e si morde il labbro inferiore prima di scusarsi e dirigersi verso la porta d'ingresso.

Impreco sottovoce, sorpassando Nova.

«Che diavolo è appena successo?» ringhio ad Ashton, afferrandogli il braccio. «Ho invitato Harper stasera. Ci stavi provando con lei?»

Ashton corruga la fronte. «Di cosa stai parlando? È la ragazza di cui ti ho parlato prima. Sexy. Ho ragione?»

Non è possibile.

La cotta di Ashton non può essere Harper McKenna.

Assolutamente no.

Sospirando, scuoto la testa, inseguendo Harper. È già fuori, e l'aria è gelida senza un cappotto o maniche lunghe, ma non mi importa. Mi congelerei per lei.

«Harper, dove stai andando?» le grido dietro.

Lei ride sotto i baffi, si stringe le braccia intorno al corpo e continua a camminare. I lampioni illuminano la strada mentre si allontana in fretta dall'appartamento.

«Lontano da te,» dice un po' troppo ad alta voce.

Forse vuole che la senta? «Cos'ho fatto di sbagliato?» chiedo. È chiaramente arrabbiata. È perché Ashton ci stava provando con lei, o è qualcos'altro?

Harper smette di camminare e si gira per affrontarmi. Questo mi dà qualche secondo per raggiungerla, riducendo la distanza tra noi. «Devi davvero chiedermelo?» mi dice sarcastica.

Riesce a malapena a sostenere il mio sguardo, i suoi occhi vagano ovunque tranne che su di me. E potrei sbagliarmi, ma sembrano quasi luccicare, come se stesse trattenendo le lacrime.

Allungo la mano, le mie dita le guidano il mento verso l'alto, fissando quegli occhi scuri che mi catturano e mi attirano. Mi si blocca il respiro in gola. «Sei arrabbiata.»

«Hai capito tutto questo solo perché ho lasciato la festa? Devi essere davvero un genio» sibila.

Mi mordo la lingua. Ha proprio una bella linguaccia. Le guardo le labbra e poi torno ai suoi occhi scuri. «Spiegamelo chiaramente» dico.

Il suo sguardo si fa più duro e lei inspira profondamente. «Non dovrei nemmeno doverlo fare. Siamo solo amici. A malapena.»

Si libera dal mio abbraccio, e l'aria è ancora più fredda di prima.

«Se siamo meno che amici, perché stai scappando?» le chiedo.

È evidente che sia turbata. Solo che non sono sicuro di cosa ho fatto di sbagliato, e dalla sua espressione, la colpa è mia.

La sua lingua scatta fuori, passando sul labbro superiore. Non riesco a fermarmi; mi chino in avanti, prendendone un assaggio, desideroso di zittire la sua rabbia.

Mi aspetto che si tiri indietro, che mi dia uno schiaffo, che urli, che strilli. Sto aspettando la sua reazione, ma non è quella che mi aspetto.

Le sue labbra si sciolgono nelle mie, e lei si avvicina, le sue dita tremanti contro il mio petto mentre le cingo la vita con le braccia, attirandola più vicina. Il bacio inizia semplice ma appassionato, ma quando lei non si tira indietro, passo la lingua sul suo labbro inferiore.

La sua bocca si schiude, concedendomi l'accesso mentre approfondisco il bacio, e sento un perfetto dolce gemito uscirle dal fondo della gola che suscita in me una risposta primordiale.

Cazzo, è così sexy.

Voglio sentirla gemere il mio nome, ascoltarla ansimare e senza fiato mentre affondo il mio cazzo dentro di lei.

Harper si tira indietro, senza fiato.

Le sue guance sono rosee e le labbra gonfie. È una visione stupenda, e l'aria fredda mi avvolge di nuovo.

Mi ero dimenticato di avere freddo mentre la baciavo.

«Non possiamo» dice Harper e ritira le mani dal mio petto. «Io non sono *quel* tipo di ragazza.»

Il mio sguardo si fa più duro. «Che cosa significa?» Non sono mai stato più confuso in vita mia.

«So cosa stavi facendo, Luca. Non sono un'idiota. Non andrai a letto con due ragazze in una notte. Beh, non con me.»

Harper si volta e continua a camminare, dirigendosi lungo la strada, lasciandomi lì sbalordito.

A letto con due ragazze? Chi diavolo pensa che io abbia portato a letto?

E poi la mia mente torna a Nova, mentre scendevo le scale con lei, che indossava la mia felpa. Pensa che io sia andato a letto con *lei*?

TRE

HARPER

Ho baciato Luca Ricci: ma che diavolo mi è saltato in mente?

Va bene, non stavo pensando. Mi sono lasciata trasportare un po' troppo dal momento, e ora me ne pento.

Non del bacio.

Decisamente non mi pento di aver baciato Luca.

Quello di cui mi pento è il fatto che lui si era appena appartato con un'altra ragazza, che sembrava decisamente una matricola, e poi mi è corso dietro.

Chi fa una cosa del genere?

Il più ambito scapolo, che guarda caso gioca a hockey per l'Università di Evergreen. E non guasta che sia anche un bel vedere. Sono quasi certa che abbia un fan club che lo insegue alle partite di hockey, urlando il suo nome e facendo il tifo per lui.

Probabilmente lei fa parte di quel ridicolo club.

Almeno è quello che immagino accada dopo le partite.

Non sono mai stata a nessuna partita di hockey dell'Evergreen, e non ho intenzione di andarci nemmeno in futuro.

Non sono appassionata di sport. Preferisco restare in dormitorio a leggere un libro fino alle prime ore del mattino.

Dopo quello che è successo questa sera, non andrò mai a una partita di hockey, mai.

E poi c'è Ashton Rinaldi, in cui sono incappata mentre andavo a lezione e di nuovo alla festa. Continuava a chiacchierare con me mentre io volevo trovare Luca.

Odio le feste. Mi sono presentata stasera solo perché Kensley ha insistito che partecipassi.

E poi c'era una piccola parte di me che voleva presentarsi per Luca.

Il che è assurdo. Perché ho pensato che l'invito significasse qualcosa?

Probabilmente, invita ogni ragazza con cui è amichevole, e sono sicura che ce ne sia una lunga lista dato che è un atleta.

Presentarmi e venire fermata nell'ingresso per parlare con Ashton non è stato male, semplicemente non era quello che volevo. Non mi sono presentata stasera per fare festa.

Stupido, lo so. Mi sono presentata a una festa, ma non per fare festa. Non chiedetemi perché. Non ho detto che le mie decisioni avessero senso.

Ero venuta per vedere Luca.

La festa era nel suo appartamento, ed ero un po' più che curiosa di vedere casa sua. Non che mi aspettassi il gran tour o altro, ma speravo di passare qualche minuto con lui.

Da quando si è presentato a pranzo, non riesco a togliermelo dalla testa.

Stupidi ormoni.

Probabilmente sto dando troppo peso alla sua cordialità. Tendo a farlo, pensare che un ragazzo che è alla mano in realtà mi piaccia.

Devo solo continuare a ricordarmi che è amichevole con tutte le ragazze della scuola. Non sono niente di speciale.

Inoltre, non sto nemmeno cercando una relazione in questo momento.

I miei studi hanno la priorità, è per questo che sono qui; ho una borsa di studio e devo mantenere i voti alti. Non posso mandare tutto a puttane.

Ashton cattura la mia attenzione, mi impedisce di allontanarmi mentre continua a parlarmi, facendo battute; chiaramente è interessato.

È abbastanza simpatico, ma non esco con gli atleti, e sono quasi sicura che lui sarebbe più interessato a una storia di una notte che a qualcosa di lungo termine.

Non che importi, perché non provo quei sentimenti verso di lui, quelli che mi fanno sentire le farfalle nello stomaco o come se stessi fluttuando nell'aria.

È così che sto iniziando a sentirmi intorno a Luca.

Non sono sicura di quando sia successo. Da qualche parte tra il mangiare insieme e vederlo scendere le scale con un'altra ragazza, il mio stomaco si è annodato e tutto quello che ho provato è stata devastazione, dolore, rabbia, e così sono fuggita.

Non mi aspettavo che mi corresse dietro o mi zittisse con un bacio.

Fissando il soffitto della mia stanza al dormitorio, sdraiata sul materasso, rifletto su tutto ciò che avrei potuto fare diversamente, e prendo il mio telefono, imprecando sottovoce.

Kensley.

L'ho lasciata alla festa e non le ho nemmeno detto ciao. Le mando un messaggio veloce, facendole sapere che sono tornata al dormitorio.

Dieci secondi dopo, il mio telefono squilla.

«Mi hai piantata in asso?» chiede Kensley, e posso sentire il battito pulsante della musica attraverso il telefono. È ancora alla festa, ma il rumore è più attutito di quanto ci si potrebbe aspettare, come se si fosse chiusa in un armadio o in una camera da letto per parlare con me.

«Lunga storia,» dico con un sospiro, non volendo elaborare.

«Dovresti tornare. Luca sembra piuttosto giù, e scommetto che potresti riuscire a tirarlo su di morale.»

Ridacchio al suo suggerimento. «Ci sono molte altre ragazze per quello, come quella con cui si è appartato prima.»

Il silenzio riempie lo spazio, anche se è più come musica soffocata che rimbomba attraverso il telefono. «Vengo da te,» dice Kensley.

«Non farlo.» Esito ma so che è meglio se resta fuori e si diverte. «È tardi. Goditi la festa. Io vado solo a dormire un po'.»

«Mi dispiace.»

«Cosa?» chiedo. Perché si sta scusando? Non è colpa sua quello che è successo stasera. «Va bene.»

C'è confusione in sottofondo, e poi sento la sua voce, quella che mi manda brividi direttamente allo stomaco. «Possiamo parlare?» chiede Luca, con voce dolce, calda, invitante.

«Non c'è niente di cui parlare,» rispondo bruscamente. «Ora attacco.»

«Aspetta!»

Luca riesce a catturare la mia attenzione, e faccio una pausa, lasciando che il silenzio ci avvolga.

«Sei ancora lì?» chiede, dopo che non ho detto una parola per diversi lunghi secondi.

«Purtroppo non ho ancora riattaccato.»

«Puoi lasciarmi spiegare? La ragazza con cui mi hai visto prima...»

«Non mi devi alcuna spiegazione. Sei libero di andare con chi vuoi» dico.

Solo perché mi ha invitata alla festa non significa che mi stesse chiedendo un appuntamento. Si stava solo comportando in modo amichevole, suggerendomi di partecipare all'evento.

«È praticamente come una sorella per me. Siamo cresciuti nella stessa casa. Non è successo nulla tra noi di sopra. Le ho dato una felpa perché non mi piaceva quello che indossava.»

«Wow» dico. «Un po' giudicante, no?»

«Ha diciassette anni! Non ho bisogno che i ragazzi sbavino su di lei. È come fosse la mia sorellina.»

Mi metto seduta sul letto, tirando le gambe al petto. «Diciassette anni? Cosa ci faceva alla festa?»

«Lunga storia» dice Luca, e questa volta, ho davvero la sensazione che stia evitando di dirmi tutto.

La gelosia che mi scorre nelle vene sembra dissolversi. Non mi deve spiegazioni. «Va bene, ci vediamo a lezione. Ciao, Luca.» Chiudo la chiamata e lancio il telefono sul materasso. Non sono affatto stanca, ma continuare quella telefonata sembrava una cattiva idea.

Siamo solo amici. A malapena, e ci siamo baciati. Non è un grosso problema. Non è che non abbia baciato altri ragazzi prima. Ma con Luca, è diverso.

―――――

Esco, scendo le scale del dormitorio e sento i suoi occhi su di me. Luca.

Gli passo accanto, non volendo presumere nulla. Potrebbe essere qui ad aspettare chiunque.

«Volevo accompagnarti a lezione» dice Luca.

«Sei venuto fin qui solo per accompagnarmi a lezione?» chiedo.

«Come fai a sapere che non ero già ai dormitori?»

Mi mordo la lingua. Non so cosa stesse facendo o con chi lo stesse facendo. «Era così?» Alzo un sopracciglio inquisitorio mentre mi dirigo verso il marciapiede. Non sono sicura di voler sentire la sua risposta.

Mi segue al fianco. «No,» dice e ride.

Sembra quasi nervoso, mentre mi confessa la verità.

Gli lancio un'occhiata mentre camminiamo, prima di tornare a concentrarmi sul marciapiede davanti a me. Fa freddo fuori, ma almeno la neve si è per lo più sciolta.

«Hai fatto qualcosa di divertente nel fine settimana?

A parte andare alla festa?» chiede, con tutta la sua attenzione su di me.

Il suo sguardo è travolgente, e il respiro mi si blocca in gola. «Sì, ho avuto un appuntamento ieri sera.»

È una bugia. Ho passato il pomeriggio con Kensley, e poi abbiamo guardato film fino a quando non sono andata a letto.

La sua mascella si contrae, e si sforza di sorridere.

«Qualcuno della festa?» C'è un evidente senso di disagio nella sua domanda, come se fosse curioso ma non sicuro di poter gestire la risposta.

«Non parlo di chi bacio» dico con un sorrisetto. Stiamo all'angolo della strada, aspettando che il semaforo cambi.

Si sposta sui piedi e infila le mani nelle tasche del cappotto. «Per favore, dimmi che non è Ashton.»

Mi schiarisco la gola e mi volto per guardarlo. «Scusa?»

«Senti, so che non posso dirti chi puoi o non puoi frequentare, ma Ashton...»

«Hai ragione. Non puoi» dico, attraversando velocemente la strada.

Entro nell'edificio, ma invece di vagare in classe, mi infilo in bagno, concedendomi qualche minuto per calmarmi. Inoltre, se Luca arriva in classe prima, sarà costretto a sedersi, e poi potrò sedermi da qualche altra parte, lontano da lui. Altrimenti, si siederà accanto a me, come fa sempre.

Almeno questo è il mio piano, ma quando esco dal bagno, lui è in piedi vicino alla porta, appoggiato al muro, e non è ancora entrato nell'aula.

«Mi stai seguendo?» chiedo.

Un sorriso malizioso attraversa il suo viso. «Lo farei mai?»

Potrei non conoscere bene Luca, ma è ovvio per me che sia pericoloso. La gelosia verso Ashton è un grande campanello d'allarme, e dovrei stargli lontana.

Ma lui si stacca dal muro e passeggia dritto verso di me. Non teme nulla, tanto meno il rifiuto.

Io?

Lo temo. Non nel senso aggressivo, che mi farà del male. No, temo che mi innamorerò di lui, e mi spezzerà il cuore. Non che non mi sia già successo prima. Sono stata innamorata una volta, e raccogliere i pezzi del mio cuore infranto è stata una delle lezioni più difficili che ho dovuto affrontare nel mio passato.

«Sì, sembri decisamente il tipo da stalker» lo prendo in giro e gli passo accanto per entrare in classe.

Mi afferra il braccio, facendomi girare di nuovo verso di lui. I nostri corpi si sfiorano poiché si è avvicinato, invadendo il mio spazio personale.

Il respiro mi si blocca in gola mentre guardo il suo sguardo ardente, le farfalle tornano tutte in una volta, facendomi seccare le labbra.

«Non sono uno stalker» dice e scuote la testa, il suo sguardo fermo. «So solo cosa voglio. Chi voglio.»

E il mio respiro si inceppa come se l'aria fosse stata rubata dai miei polmoni. È ipnotizzante guardarlo, il lieve sorriso che gioca all'angolo delle sue labbra, la fossetta sulla guancia destra mentre mi studia.

«Dobbiamo andare a lezione» sussurro, e lui fa un breve cenno prima di liberarmi dalla sua presa.

Un lieve gemito sfugge dal fondo della mia gola, un suono di cui non sono nemmeno sicura quale sia l'origine, e spero con tutta me stessa che non l'abbia sentito.

E invece sì.

Alza un sopracciglio, e io voglio solo scomparire nell'oblio. Non posso ignorare l'emozione che suscita, e lui mi sorride come il Gatto del Cheshire.

Quando diavolo ho iniziato ad avere una cotta per Luca Ricci?

QUATTRO

LUCA

Quel suono dolce e delizioso che Harper emette mi riempie di mille fantasie, tutte che la coinvolgono nuda e mentre geme il mio nome.

La seguo nel corso di Economia 101, che è la lezione più noiosa di questo semestre, ma in qualche modo la sto apprezzando molto più di quanto dovrei. Non fa male la vista del suo sedere mentre cammina davanti a me. Se solo facesse più caldo fuori e non avesse una giacca pesante a coprire le sue grazie.

Mi accaparro il posto accanto a lei mentre tenta palesemente di ignorarmi. Tira fuori il portatile dalla borsa, con l'attenzione rivolta in avanti come se io non esistessi.

Ma sono certo che senta la mia presenza tanto quanto io bramo la sua.

E ho tutta l'intenzione di rimediare al disastro della festa a cui ha partecipato, perché conosco le ragazze come Harper, e so che non vorrà mai più partecipare a un'altra.

La ragazza è un libro aperto e, sebbene io ami un po' di mistero, mi aiuta il fatto che riesca a leggerla, probabilmente meglio di quanto lei conosca se stessa. Sta cercando di evitarmi, ma il rossore delle sue guance e il suo sguardo continuano a dirmi che sta combattendo interiormente contro i suoi sentimenti, negandosi il piacere che deriva dal provare qualcosa per me.

Sì, sono convinto che provi qualcosa per me.

Quasi tutte le ragazze di Evergreen hanno una cotta per me. Sembra egocentrico, ma è la verità. Fa parte del pacchetto quando sei un atleta di punta dell'università. Ho un sacco di ragazze che mi corrono dietro, puck bunnies, come le chiamiamo noi.

Ma sono le ragazze che non mi inseguono quelle verso cui sono attratto, ragazze come Harper McKenna.

Forse mi piace un po' la caccia, cercare di conquistarla, e Harper non è una ragazza di cui è facile vincere l'affetto. È chiusa, e per quanto io conosca il suo tipo, c'è ancora così tanto che non so di lei.

Faccio a malapena attenzione perché ho già studiato economia alle superiori e per me è stata una passeggia. Questo corso non è molto diverso, e dato che i compiti sono sempre online, non mi preoccupo di ascoltare davvero il professore.

La mia concentrazione è tutta nell'osservare Harper.

Sta digitando sulla tastiera, cercando di annotare tutto in una volta, ma mi sembra che non stia cogliendo i punti più importanti e stia solo tentando di ricordare tutto.

Potrei aiutarla con questo, a *studiare*.

Abbiamo un esame la prossima settimana, che non mi preoccupa molto, ma è la scusa perfetta per passare del tempo insieme. «Dovremmo trovarci a studiare per l'esame» dico.

«Perché, così puoi prendere in prestito i miei appunti? Prendili tu, Ricci.»

Mi tocco la testa. «Ho tutto qui dentro.»

Mi fissa, per niente convinta.

Non è una sorpresa, dato che le ho chiesto di mandarmi i suoi appunti nelle prime settimane di corso. Stavo cercando un motivo per parlarle fin dall'inizio, e lei ha continuato a respingermi.

La lezione è finita, e Harper chiude il portatile e lo rimette nella borsa. Non mi risponde.

Ho visto il voto del suo ultimo compito. Non era granché. Potrebbe eavere bisogno del mio aiuto, e lo sa.

Harper emette un leggero sospiro. «Solo studio» dice, guardandomi. «Devo prendere il massimo al prossimo esame per alzare la media.»

«Prometto che se studi con me, ti assicuro che prenderai una A.» Non è una promessa che dovrei fare, ma economia è stata un gioco da ragazzi, e sono sicuro di poterla aiutare con il prossimo esame.

Il suo sguardo si indurisce prima di cedere. «Dove

dovremmo incontrarci, in biblioteca?» chiede Harper.

«Vieni a casa mia. I miei coinquilini saranno fuori casa. Possiamo studiare in salotto.»

Mi guarda come se le avessi appena proposto di fare il bagno nudi in un lago ghiacciato.

«Prometto, niente scherzi, solo studio» ribadisco.

«Va bene» cede e mi segue fuori dall'aula. «Puoi fare più tardi questo pomeriggio o domani?»

«In qualsiasi momento dopo le tre oggi.»

Ci accordiamo per le quattro, che mi sembra perfetto perché la terrà a casa mia fino alle prime ore della sera, e potrò suggerirle di cenare insieme dopo. «Ti ricordi il mio indirizzo?» le chiedo, assicurandomi che non abbia scuse per non presentarsi.

«Sono passati solo un paio di giorni» dice Harper. «Ci vediamo dopo.» Si dirige verso la porta, e io la seguo, accompagnandola alla sua prossima lezione. Non la lascerò liberarsi di me così facilmente. Inoltre, con ragazzi come Ashton nel campus, non voglio dover combattere per la sua attenzione.

«Ti accompagno» dico, seguendola fuori.

Stringe le labbra e sorride. «Non devi. So che non hai lezione in questa direzione.»

«Cosa te lo fa pensare?» Non c'è modo che sappia che la sto accompagnando a lezione per poi tornare indietro verso casa mia. Sono stato attento, aspettando finché non fosse dentro e fuori dalla mia vista prima di girarmi. L'ultima cosa al mondo che voglio è che pensi che sia disperato e che stia cercando troppo di impressionarla.

«Ti ho vista l'altro giorno, mentre tornavi indietro» dice, indicando la direzione opposta.

«Oh, è perché avevo dimenticato il telefono in aula.» La bugia mi esce più velocemente di quanto avessi previsto. Fluisce naturalmente, una sorta di meccanismo di protezione.

I suoi occhi si socchiudono e annuisce. «Va bene.»

Mi crede? Dovrò stare più attento.

«Va bene se mi accompagni a lezione» dice Harper, arricciando il naso. «In realtà, sarebbe anche piuttosto dolce.»

«Non dirlo alle tue amiche. Ho una reputazione da mantenere» le dico, dandole un colpetto mentre camminiamo l'uno accanto all'altra.

«Una reputazione, eh?» Si morde il labbro inferiore, e il mio cazzo si agita nei pantaloni. C'è qualcosa di peccaminosamente eccitante nella sua bocca, nel modo in cui la sua lingua spunta fuori dopo aver mordicchiato il labbro inferiore, e immagino le sue labbra calde sul mio membro.

Cazzo.

Dentro di me, gemo.

Per fortuna, lei non se ne accorge.

———

Non mi sono mai sentito così nervoso in vita mia, e tutta questa energia accumulata per un appuntamento di studio. È perché lo passerò con Harper. E la parte dello studio è solo una formalità.

Se le avessi suggerito di venire qui per una scopata, ci sarebbero state zero possibilità che dicesse di sì. Anche se le avessi offerto di stare insieme a guardare un film, sono abbastanza sicuro che avrebbe inventato una scusa.

Ho pulito la mia stanza due volte. Ho riordinato tutto nel caso voglia vedere la mia camera da letto al piano di sopra. Spero che Ashton torni presto a casa e che Harper suggerisca di studiare in un luogo più tranquillo. E che quel posto non sia il campus, come la biblioteca.

È come se fossi di nuovo un adolescente, con il cuore che batte forte e lo stomaco annodato, quando sento un leggero colpo alla porta d'ingresso.

Mi affretto ad aprire. In questo momento, non c'è nessun altro qui. Ashton è a lezione, e Liam non è quasi mai a casa. Ha una sorella gemella, Sophia, che va e viene come se vivesse con noi. Non frequenta Evergreen, ma partecipa alle nostre feste e passa il tempo con noi dopo le partite di hockey.

Lei è off-limits, dato che è la sorella di Liam, e tutti i ragazzi della squadra sanno di non frequentarla. Lui ha chiarito che chiunque la tocchi dovrà affrontare la sua ira.

E Liam ha un bel caratterino. Nessuno pensa nemmeno lontanamente di provarci con Sophia, e non è perché non sia stupenda. I nostri compagni di squadra hanno paura di Liam e che potrebbe tagliar loro l'uccello se solo provassero a rimorchiare sua sorella.

Liam non sa che io ho sono andato a letto con Sophia. Abbiamo entrambi concordato che fosse una situazione una tantum e che non sarebbe mai più successo. Inoltre, lei teme che se Liam lo scoprisse, non potrebbe più frequentare la casa e le nostre feste.

Io sono più preoccupato che Liam possa uccidermi nel sonno. È meglio se non lo scopre.

Sophia avrebbe altrettanto da perdere se suo fratello lo scoprisse, quindi abbiamo entrambi un motivo per mantenere il segreto.

«Ehi, Harper» dico con un sorriso entusiasta mentre apro la porta.

«Ciao.» Si affretta a entrare, tremando. Mentre si toglie le scarpe e si sfila il cappotto, cerco di non lasciare che il mio sguardo vaghi sul suo corpo, ma è impossibile.

Indossa un maglione bordeaux profondo che le arriva alle ginocchia e dei leggings neri che le avvolgono le cosce. Il suo maglione accentua ogni deliziosa curva del suo corpo.

È difficile non fissarla.

Harper stringe le labbra, e i suoi occhi brillano di allegria. «Sei pronto per cominciare?»

La conduco nel nostro salotto studio e prendo posto sul divano, lasciandole spazio per unirsi a me. C'è un tavolo situato di fronte a noi, e ho già impilato i miei libri insieme ad alcuni appunti che ho stampato dal nostro portale online per il corso.

«Non avrei accettato di studiare con te, ma ho visto il tuo punteggio all'ultimo esame» dice Harper, e le sue guance arrossiscono. «Stai prendendo A in questo corso, vero?»

Rido sotto i baffi. «L'hai notato?»

«Cosa ci guadagni a studiare con me?» chiede, sedendosi accanto a me sul divano. Apre la zip del suo zaino e tira fuori il libro di testo e il portatile.

«A parte godermi la tua compagnia?»

Questo attira la sua attenzione, e alza lo sguardo verso di me, inarcando un sopracciglio. «Non mi hai chiesto di studiare per flirtare con me tutto il tempo, vero?»

«Forse?» Rido e mi rendo conto che mentendo, non farei altro che scavarmi ancor di più la fossa da solo. Non voglio rischiare che si alzi e se ne vada. «Ho visto come sei andata all'ultimo esame e ho pensato che avresti voluto un po' di aiuto. E il vantaggio per me è che mi piace passare del tempo con te.»

Il suo sguardo si fa più intenso mentre mi fissa.

«Non sono venuta qui per scopare o altro.»

Sorrido. «Non pensavo che avrei avuto tanta fortuna.» Un ragazzo può fantasticare, ma questo è tutto quello che posso fare, almeno per ora. Devo darle il tempo di rendersi conto di quanto mi vuole e di quanto ha bisogno di me. «Lascia solo che faccia questo per te, Harper.»

Lei emette un sospiro leggero e annuisce. «Va bene, sì, certo.»

Apriamo i nostri libri di testo e passo in rassegna i suoi appunti, spiegandole le equazioni e i concetti con cui ha avuto difficoltà nelle ultime settimane. Dopo un'ora intera a ripassare tutto, lei si appoggia allo schienale e fissa il soffitto.

«Il tuo cervello è fritto?» la prendo in giro, percependo che potrebbe essere un po' troppo per un giorno solo. Non avevo in programma di fare una sessione intensiva con lei, ma è più o meno quello che sta succedendo.

«No, è solo che... sei molto più bravo come insegnante rispetto al nostro professore.»

La spingo giocosamente. «Non sono sicuro che questo significhi molto. Non è che io presti attenzione in classe. Beh, non al professore.»

Harper sorride. «Lo sapevo che mi stavi fissando!» Mi lancia un'occhiataccia scherzosa, e le sue guance sono rosso vivo.

È imbarazzata o eccitata? Ho frequentato ragazze come Harper. Tuffarsi a capofitto ed essere troppo diretto le fa solo allontanare più velocemente.

«Io farei una cosa del genere?» Rido, fingendo di non sapere a cosa faccia riferimento mentre lei mi dà un colpetto giocoso sul braccio.

«Sì, penso proprio che lo faresti.»

Alzo le spalle, sorridendo. «Forse.» Questo è tutto ciò che le concedo. Non perché non voglia essere diretto e urlare al mondo che mi piace, ma perché quel tipo di intensità la spaventerebbe.

E lei è tutto ciò a cui penso sempre, maledizione.

Non sono sicuro di quando sia successo, quando il desiderio e la lussuria si siano trasformati in voglia e bisogno. Ma farei qualsiasi cosa per rendere felice Harper McKenna, e se questo inizia con l'aiutarla ad alzare il suo voto in economia, allora così sia.

Passiamo un'altra ora a rivedere ciò che ci sarà nell'esame prima che io senta il suo stomaco brontolare. Anch'io sto iniziando ad avere fame, ma non voglio rischiare che la serata finisca nel momento in cui suggerisco di cenare.

«Dovrei probabilmente andare, per cenare.» Harper si appoggia all'indietro e si stiracchia.

Tutto di lei è sia adorabile che sexy. I suoi capelli spettinati, le sue guance rosee. I respiri leggeri che sfuggono dalle sue splendide labbra gonfie che implorano di essere baciate.

Ci vuole tutta la forza che ho dentro per non sporgermi, passare le dita tra i suoi capelli e rubarle un assaggio.

«Ordino io da mangiare,» dico, sperando che l'invito non sia troppo diretto per lei. «Possiamo finire di studiare mentre arriva.»

«Va bene, ma offro io, visto che mi stai aiutando più di quanto io stia aiutando te,» dice Harper.

Non c'è alcuna possibilità che le lasci pagare la cena. «Cosa ti va di mangiare?» chiedo.

«Tu cosa hai voglia di mangiare?» ribatte lei. Harper passa le dita tra le sue lunghe ciocche, e accidenti, è sexy. Adoro quel look disordinato su di lei.

«Ho chiesto per primo,» dico, reprimendo un ringhio e la necessità di reclamarla, di dirle che è lei ciò che voglio divorare. Se lasciassi correre la mia bocca, scapperebbe via e non mi rivolgerebbe più la parola.

«Non si sbaglia mai con la pizza,» suggerisce.

Ci accordiamo sui condimenti e dove effettuare l'ordine. Lei mi spinge la sua carta di credito, ma rifiuto di prenderla mentre sono al telefono, girandole le spalle. Prendo la mia carta dal portafoglio e leggo le cifre, finalizzando l'ordine prima di riattaccare. «Quarantacinque minuti.»

«Avevi detto che avrei potuto pagare io,» sbuffa verso di me.

Un sorrisetto si forma sulle mie labbra. «Potrai pagare al prossimo appuntamento.»

«Oh no, questo non è un appuntamento.» Gli occhi di Harper si spalancano, e gesticola tra noi, scuotendo la testa con veemenza. «E chi ha detto che lo faremo di nuovo?»

«Andiamo. Siamo solo a metà del semestre. Ammettilo, avrai bisogno del mio aiuto per l'esame finale.»

Lei impreca sottovoce. Harper deve sapere che ho ragione, ma non sembra il tipo che ammette facilmente la sconfitta. «Va bene, ma la prossima volta che ordiniamo da asporto, chiamo io.» I suoi occhi sono ardenti, e mi piace quanto sia facile provocarla.

«Certo, certo.» Mi appoggio allo schienale del divano, ridendo.

Harper stringe le labbra, il suo sguardo intenso mentre mi fissa. «Dovrei semplicemente darti i contanti per la pizza.» Allunga la mano verso lo zaino sul pavimento.

Le afferro il polso, fermandola. «Non prenderò i tuoi soldi.»

«E perché no?» chiede lei, inclinando la testa e fissandomi con occhi grandi, da cerbiatta.

Il suo sguardo è rinvigorente. Così come la sua tenacia. Lascio la presa sul suo polso, e giurerei di sentirla gemere.

Cazzo, questa ragazza sa come colpirmi.

CINQUE

HARPER

Luca è molto più affascinante di quanto avessi inizialmente previsto. Non dovrei essere sorpresa dato che può avere tutte le ragazze che vuole. Ha sicuramente fatto un sacco di pratica nel flirtare per portarsele a letto.

Questo è uno dei vantaggi di essere un atleta. Non sono cieca. Ci sono un sacco di ragazze che lo fissano durante le lezioni o che gli "sbattono contro" accidentalmente per attirare la sua attenzione.

E lui ci casca sempre, chinandosi, aiutando la ragazza a raccogliere i libri che ha fatto cadere.

Si direbbe che metà delle matricole di Evergreen siano maldestre, considerando quante volte lui si imbatte in una ragazza ogni settimana.

O forse è Luca ad essere maldestro.

Non c'è nemmeno una possibilità su un milione che sia lui a sbattere contro di loro. Ha classe sia sul ghiaccio che fuori.

Sono abbastanza brava a ignorarlo. All'inizio, sinceramente non m'importava, ma più tempo passo con Luca, più vorrei scacciare le altre ragazze prima che abbiano il tempo di incrociare il suo sguardo.

Sento forse le braci della gelosia che mi pizzicano e mi bruciano la pelle? Magari un po'.

Abbiamo trascorso le ultime sere a studiare insieme. Per lo più, è Luca che mi insegna tutto ciò che non ho afferrato in classe, che mi sembra un bel po'.

La prima sera, avevamo la casa completamente per noi. Stasera, Ashton è in soggiorno con un film, e la ragazza che era al piano di sopra alla festa con Luca sta dormendo sul divano.

«Dobbiamo   guardare   un   altro   noioso

documentario?» chiede lei, anche se suona più come un lamento.

«Nova, hai scelto tu di passare il tempo con noi. E a me piace guardare questa roba,» dice Ashton.

Luca ridacchia e scuote la testa, sorridendomi. Siamo seduti al tavolo della cucina, lui accanto a me, mentre studiamo. Si inclina verso di me, il suo respiro mi accarezza la guancia. «Ashton non sopporta i documentari. Sta solo torturando Nova perché è arrivata senza invito.»

Non capisco bene il rapporto tra tutti loro. «Nova è la sua ragazza?» chiedo. È impossibile ignorarli nella stanza accanto, dato che lo spazio aperto non offre molta privacy.

«Assolutamente no. Ha diciassette anni. Lo ammazzo se le mette un dito addosso.»

Mi mordo le labbra, volendo chiedere anche se non sicura sia una buona idea. «Perché passa il tempo nel campus?»

«La situazione a casa è complicata,» dice Luca, senza elaborare ulteriormente.

Sono sempre stata molto legata alla mia famiglia, ma avevo amici che crescendo preferivano i miei genitori ai loro. Capisco la spiegazione, ma sembra anche una scusa.

La mia mente è a chilometri di distanza dal libro aperto sul tavolo davanti a me. «Vuoi fare una pausa?» suggerisco e faccio un cenno verso il soggiorno.

«E guardare quella roba?» chiede Luca, alzando un sopracciglio. «Preferisco studiare,» dice, guardandomi negli occhi.

È quello che abbiamo fatto, studiare, per le ultime due ore circa. Mi trattengo dal guardare l'orologio. Non voglio che Luca pensi che sia pronta ad andarmene, perché è l'ultima cosa che ho in mente.

Rimane in silenzio per un momento, sposta indietro la sedia e si alza. «Ho capito. Hai bisogno di far riposare il cervello.» Si dirige verso il frigorifero.

Lo osservo dall'altra parte della cucina. È affascinante ed è difficile distogliere lo sguardo.

«Mi stai fissando,» dice Luca, prima di lanciare un'occhiata alle sue spalle verso di me.

Come diavolo ha fatto a saperlo prima di girarsi? Stava indovinando che lo stavo guardando perché è quello che fanno tutte le altre ragazze quando le invita a studiare?

«Hai molti appuntamenti di studio?» chiedo e immediatamente mi pento della mia domanda. Non sono sicura di voler conoscere la risposta.

Prende due bottiglie d'acqua dal frigo e la busta di patatine sul bancone, portando gli snack per noi. «È divertente,» dice Luca, offrendomi l'acqua. Lascia cadere la busta aperta di patatine sul tavolo tra noi.

Non posso fare a meno di guardarlo stranita. «Cosa?»

«Che tu pensi che io abbia tempo per fare da tutor ad altre ragazze.» Sorride calorosamente e si lascia cadere di nuovo accanto a me. «Possiamo ordinare la cena, ma probabilmente ci vorrà un po' prima che arrivi. Pensavo che nel frattempo volessi qualcosa da sgranocchiare.»

«Ho già un impegno per cena stasera, ma grazie.» Prendo una patatina dalla busta e fisso Luca. È difficile immaginarlo senza una lunga fila di ragazze in attesa di essere *istruite*.

«Un appuntamento importante?»

C'è un accenno di gelosia nel suo tono.

La verità è che non ho alcun piano, ma non voglio che Luca pensi che non ho una vita.

Sorrido con malizia e guardo l'orologio. «Dovrei iniziare a mettere via le mie cose e andare.» Sistemo quello che posso e infilo il resto nello zaino.

«Lascia che ti accompagni a casa.»

«Sono solo un paio di isolati, posso camminare.»

«È già buio fuori. Non camminerai da sola,» dice Luca con insistenza.

Non discuto, soprattutto perché fa freddo fuori, e anche se non c'è neve fresca sul marciapiede, c'è un sacco di ghiaccio dalla settimana precedente. «Grazie.»

Alzandosi, Luca afferra il mio zaino prima che io possa lanciarmelo sulla spalla. Lo tiene stretto nella sua presa. La sedia stride sul pavimento della cucina, annunciando la nostra partenza.

«Ve ne andate già?» chiede Ashton dal divano. Mette in pausa il documentario, e c'è un evidente sospiro da parte di Nova, seduta accanto a lui.

«Per favore, non andartene.» Gli occhi di Nova mi implorano di restare mentre si sistema sul divano e unisce le mani. «Ti prego, se rimango sola con questi due mostri, non c'è nessuna possibilità di guardare qualcosa di piacevole stasera.»

«Un po' melodrammatica?» chiede Luca, inclinando leggermente la testa verso Nova, come se la stesse avvertendo di comportarsi bene.

«Solo perché sei un *accentratore* del telecomando!» Afferra il cuscino che le era stato lasciato per dormire sul divano e lo lancia contro Luca.

Il cuscino atterra con un tonfo leggero sul pavimento di legno.

«Non ricordo l'ultima volta che qualcuno ha pulito quel pavimento,» dice Ashton, sorridendo a Luca.

«È perché tu non ti degni mai di pulire niente,» risponde Luca.

Il viso di Nova si contrae in una smorfia di disgusto. «Che schifo!» Salta giù dal divano e afferra il cuscino, con un'espressione insoddisfatta mentre cerca di spolverare la federa. Gemendo sottovoce, alza lo sguardo verso di me, cercando qualcuno che le venga in aiuto.

C'è un'energia da fratelli che si prendono in giro che non posso credere di non aver notato prima.

«Nova, vuoi andare a cena mentre questi due ragazzi puliscono il loro appartamento?» chiedo.

Luca solleva la mano destra di qualche centimetro, indicando lo zaino che tiene in mano. «Pensavo avessi un appuntamento galante stasera.» Guarda brevemente Ashton, e c'è uno sguardo tra loro che non riesco a decifrare.

«Ho detto che avevo un programma per cena. Sei tu che hai dedotto *appuntamento galante*,» dico.

Luca torna a rivolgere tutta la sua attenzione su di me. «Con la tua amica, Kensley?»

Potrei organizzare qualcosa con Kensley, e forse la incontrerò al dormitorio, ma non era lei il mio programma per cena. Emetto un lieve sospiro, mi lecco l'angolo delle labbra perché, improvvisamente, mi sento come se fossi stata colta in flagrante a mentire. «Va bene, d'accordo. Non ho programmi per cena con nessuno. Contento?» Il mio tono risulta più brusco di quanto intendessi. Luca non ha fatto niente di male, sono solo le mie difese che si alzano, cercando di impedire che il mio cuore venga calpestato di nuovo.

Le sue spalle sembrano rilassarsi alla mia ammissione. È felice che non abbia programmi? Prende il mio cappotto e mi aiuta a indossarlo, come un perfetto gentiluomo, prima di tirarmi più vicino, afferrando i risvolti. «Devi abbottonare questa mostruosità. Fuori fa un freddo cane e non voglio che ti prenda un raffreddore.»

Il suo respiro mi solletica la guancia. Le sue mani ferme e forti che mi tengono vicina, mandano brividi in tutto il corpo. Il respiro mi si blocca in gola, i miei occhi si velano leggermente mentre lo fisso, perplessa.

Le sue dita abili abbottonano la mia giacca quando non mi muovo abbastanza in fretta per farlo da sola.

Rido, sorpresa dalle sue azioni.

«Cosa c'è di così divertente?» chiede Luca, lavorando sui bottoni dal fondo del mio cappotto. È già arrivato al quarto.

«Non ho mai avuto nessuno che mi abbottonasse il cappotto.»

«Mai?» chiede. «Nemmeno quando eri piccola?»

Allontano delicatamente le sue mani, chiudendo da sola i bottoni rimanenti della giacca. «Forse quando ero bambina. Non ricordo veramente che qualcuno l'abbia mai fatto per me. È passato tanto tempo.»

«Scommetto che non è l'unica cosa per cui è passato tanto tempo,» mormora sottovoce in modo giocoso.

Rido, scioccata da ciò che sento. «Scusa?» La mia bocca rimane aperta, fissandolo perplessa. Assicuro l'ultimo bottone vicino alla parte superiore del cappotto, infilo le mani nelle tasche in cerca dei guanti di pelle e lo colpisco giocosamente con uno di essi sul braccio prima di rimettere i guanti nella tasca del cappotto.

«Cosa stai insinuando esattamente, Ricci?» dico, usando il suo cognome, guardandolo scherzosamente male. Non sono arrabbiata, solo sorpresa dal suo commento.

«Che probabilmente è passato parecchio tempo da quando qualcuno ti ha anche allacciato le scarpe,» dice con un sorrisetto. «Cosa pensavi intendessi, McKenna?» mi prende in giro, usando il mio cognome ma in modo molto più flirtante.

Infilo gli stivali, mi chino e chiudo la cerniera laterale, che mi permette di non dover allacciare i pesanti stivali invernali. Fa risparmiare tempo e in questo momento sono grata di non dover armeggiare con i lacci.

Luca infila prima le scarpe e poi prende il cappotto invernale. Giuro che mi ha fatto mettere tutto al contrario solo per mettermi in agitazione. È tutto un gioco per lui?

«Stiamo uscendo. Andiamo,» dice Luca. Prende il berretto dalla tasca della giacca, se lo infila in testa e si guarda alle spalle verso il suo coinquilino. «Pulisci questo maledetto posto mentre siamo fuori.»

Ashton mostra il dito medio a Luca, che saluta e fa un cenno al suo compagno di squadra mentre si dirige verso la porta d'ingresso.

Nova lancia il cuscino ad Ashton e si affretta a fare il giro del divano, prendendo la sua giacca e infilando le scarpe. «Aspettatemi!»

Luca si avvicina, il suo respiro mi solletica l'orecchio mentre sussurra: «Dovevi proprio invitare mia sorella al nostro primo appuntamento?»

Il mio cuore palpita e trattengo il respiro nervosamente. Ci vuole tutta la mia energia per non reagire alle sue parole *primo appuntamento*. Se fingo di non averlo sentito, forse renderà l'incontro mille volte meno imbarazzante.

«Bel cappotto,» dico a Nova, sorridendo radiosa mentre mi metto il berretto per stare al caldo.

«Grazie,» dice Nova. Cammina accanto a me mentre usciamo, con Luca proprio dietro di noi, che brontola sottovoce di essere il terzo incomodo.

Mi giro sui tacchi, fermandomi, e lui quasi mi sbatte contro. «Cosa hai detto?» chiedo, fingendo innocenza, tutta sorrisi.

Sembra confuso che io abbia parlato, o forse non si era reso conto che potevo sentirlo. È carino ma non così silenzioso come pensa di essere.

Fa tintinnare le chiavi verso di me. «Prendiamo la mia macchina o camminiamo da qualche parte con questo freddo gelido per cena?»

Non è una vera domanda. Fa troppo freddo per camminare. Ci ammucchiamo nel suo veicolo. Io mi siedo davanti sul lato passeggero mentre Nova è seduta dietro. L'auto prende vita, ma nessuno di noi ha deciso dove andare a mangiare. Il riscaldamento spara aria fredda, il che non aiuta.

«Dove andiamo?» chiede Luca. Guarda me e poi, presumibilmente, Nova nello specchietto retrovisore.

«Non lo so,» dice Nova. «Non conosco la zona.»

Luca si sposta, guardandomi. «Tu cosa preferisci?»

«Non morire congelata» scherzo. «Che ne dite del buffet cinese dietro l'angolo?» È economico, ha del cibo decente e, cosa più importante, è vicino al campus.

Nova chiacchiera per tutto il tragitto verso il ristorante. L'auto non ha nemmeno il tempo di riscaldarsi prima che lui parcheggi davanti all'entrata.

Scendo dalla macchina, e Luca si affretta ad aprire la porta d'ingresso mentre entriamo nel calore dell'edificio. Mi sfiora mentre passa. «Cibo cinese per il nostro primo appuntamento, eh?» mi prende in giro all'orecchio.

Non posso nemmeno dire che non è stata una mia idea perché lo è stata, ma d'altra parte, nessun altro stava prendendo una decisione. Entrambi hanno lasciato la scelta a me. «Questo non è un appuntamento» sussurro un po' troppo forte, e Nova si gira a guardarci da sopra la spalla.

«Oh cavoli, mi sono autoinvitata quando non avrei dovuto?» scherza Nova.

Luca e io rispondiamo all'unisono, ma lui urla «sì,» e io rispondo con un deciso «no.»

«Ti ho vista solo studiare con Luca» dice Nova, cercando chiaramente di cambiare argomento. Non offre di andarsene, e ne sono grata. Sarei anche preoccupata se provasse a tornare a casa da sola nel freddo buio della notte.

Prendiamo un tavolo, Nova si siede da un lato, e io mi metto dal lato opposto, cosa che apparentemente dà a Luca l'opportunità di scivolare proprio accanto a me. Forse avrei dovuto scegliere di sedermi vicino a Nova, ma suppongo che se Luca non proverà a fare niente di strano, andrà tutto bene.

«Non vai mai alle partite di hockey dei ragazzi?» chiede Nova.

Scuoto la testa. «Non sono mai stata a una partita di hockey.»

«Mai? Però hai visto una partita in televisione, giusto?» I suoi occhi sono spalancati, come se avessi appena traumatizzato il povero ragazzo. Forse sta iniziando a capire che non potrebbe mai funzionare tra noi.

«Mai» dico e alzo le spalle. «Non sono molto interessata allo sport. Scusa.» Offro un debole sorriso, incrociando il suo sguardo intenso.

«Nessuno sport del tutto? Nemmeno le Olimpiadi?»

Questo mi fa sorridere. «Guardo alcune gare delle Olimpiadi quando ci sono, ma quello non conta.»

«E il Super Bowl o i playoff della Stanley Cup?»

«Noioso.»

«Verresti mai a una delle mie partite?» chiede Luca.

Inspiro bruscamente. Non ci avevo nemmeno pensato. «Vuoi che ti guardi mentre un gruppo di ragazzi ti prende a calci nel sedere?» Sorrido, cercando di alleggerire l'atmosfera. «Suppongo che potrei essere disponibile. Vendono i popcorn?»

«Mi piace» dice Nova, sorridendo a Luca. «Possiamo tenerla?»

Sbuffo, ridacchiando, e poi mi copro il viso con la mano, umiliata.

«Oh, è adorabile» dice Luca, dandomi una leggera spinta. «Non essere imbarazzata.»

Diamo alla cameriera i nostri ordini per le bevande e poi ci dirigiamo verso il buffet prima di tornare a sederci al tavolo. Luca sta ancora prendendo il cibo mentre Nova ed io abbiamo un minuto di tempo da solo ragazze per chiacchierare.

«Che storia ha tuo fratello?»

«Che intendi?» chiede Nova.

«È un ragazzo carino, chiaramente ha le ragazze che lo desiderano. Qual è la sua situazione?»

«Oh!» Gli occhi di Nova si spalancano. «Intendi, se ha una ragazza? No, non credo. È da un po' che non lo vedo con qualcuna.»

«Da un po'» ripeto, mangiando lentamente un boccone, cercando di digerire le sue parole.

Quanto è un po'? Una settimana, un mese? È solo un periodo di magra per lui?

Luca porta il suo piatto colmo di cibo al tavolo e scivola nel posto accanto a me. «Di cosa parlate voi signore?» chiede, sorridendo a entrambe.

«Harper stava chiedendo della tua situazione.»

«La mia situazione?» dice Luca, annuendo lentamente, con le sopracciglia alzate, come se stesse ricevendo tutti i segreti dell'universo da sua sorella. Si sposta e mi guarda. «Avresti potuto chiederlo direttamente a me. La mia situazione è che sono single, per ora.»

Prende la forchetta e si tuffa nella sua cena, lasciandomi a fissarlo senza parole.

Non ci sta provando con me. È flirtante, scherza sul fatto di uscire con me, ma non mi invita mai davvero. Non che io necessariamente voglia che mi inviti, solo perché riesco già a vedere come non funzionerebbe tra noi. Viviamo in mondi completamente diversi. Lui è un atleta, io una secchiona. Non condividiamo nemmeno gli stessi interessi.

Oh, questo analizzare troppo è stancante. Infilo la forchetta nel cibo e prendo un boccone, impedendomi di dire qualcosa che mi metterebbe ulteriormente in imbarazzo.

«Mi piace» dice Nova, indicandomi con un cenno, come se non fossi lì e potessi sentire ogni parola.

«Anche a me» interviene Luca.

«Wow, ho un fan club» scherzo, cercando di spezzare l'imbarazzo che provo con loro due che parlano di me, proprio davanti alla mia faccia.

«Iscrivimi» dice Luca. «Ricevo una tessera da portare nel portafoglio?»

«Certo, se hai venti dollari.» Tendo la mano scherzosamente.

––––––

Dopo cena, Luca mi riporta al dormitorio.

Lascia l'auto accesa, con Nova nel sedile posteriore, ma scende quando esco dalla macchina.

«Mi stai accompagnando fino alla porta?» Sto scherzando a metà, ma in parte lo spero un po'.

Anche se non so esattamente cosa spero. Un altro bacio appassionato? Quando penso a quella notte, le mie labbra formicolano ancora e una sensazione di calore mi invade.

«Va bene?» chiede Luca mentre prende il mio zaino dal bagagliaio e se lo mette sulla spalla.

«Certo, immagino che vada bene.»

«Che tipo di gentiluomo sarei se non mi assicurassi che tu arrivassi a casa sana e salva?»

Non voglio ammettere che non sono pronta per tornare a casa. Se Quinn, la mia coinquilina, è in giro, sarà un inferno fino all'ora di andare a dormire. Suppongo che mi metterò delle cuffie e guarderò un film sul portatile fino a quando non mi addormenterò.

«Non potrei mai negare niente a un gentiluomo» scherzo.

«Ah, davvero?» sorride, e sento il calore infiammarmi le guance.

Mi dirigo verso la porta del dormitorio, e lui è proprio accanto a me. Entriamo insieme, Luca mi accompagna dentro l'edificio fino alla porta d'ingresso del mio dormitorio.

«Buona notte, Harper» dice Luca, e si avvicina, sfiorandomi castamente la guancia con le labbra. Mi giro leggermente, lasciando che le sue labbra sfiorino le mie, bisognosa di un assaggio, desiderosa di un ricordo di ciò che ho provato quell'altra sera.

Tutto ritorna prepotentemente e con maggiore intensità, il calore, i formicolii che si accumulano nel mio stomaco e più in basso, facendomi provare sensazioni nuove e sconosciute. Le farfalle sono tornate, ma questa volta non sono turbata o arrabbiata. So che non è interessato a un'altra ragazza, almeno non a Nova.

Una parte di me vorrebbe invitarlo dentro la mia stanza, per completare la nostra esplorazione e scoprire molto di più l'uno dell'altra. Ma so che Nova è nel veicolo, con il riscaldamento acceso, e sta aspettando che lui torni per riportarla a casa. Ed è quella vocina, quella fastidiosa, che mi impedisce di spingermi oltre.

Anche se lo voglio.

Lo voglio. Voglio Luca Ricci.

È un fatto. Mi sto innamorando di lui, e non so come fermarmi o se voglio farlo.

«Buonanotte» dice di nuovo, questa volta con voce più bassa e sensuale mentre le sue labbra si allontanano. Sta sorridendo, i suoi occhi scuri e brillanti mi fissano.

Mi trattengo dal trascinarlo nella stanza del dormitorio. Avrò sogni su questo, fantasie per le prossime notti, immaginando come sarebbe se tirassi la sua camicia e lo portassi in camera con me, le nostre membra intrecciate tra le lenzuola, nudi, accaldati e sudati.

Un sospiro leggero mi sfugge dalle labbra, pesante e roco mentre sussurro: «Buonanotte» a mia volta.

Mi dà un altro bacio sulle labbra e aspetta mentre armeggio con la chiave prima di scivolare nella stanza del dormitorio, chiudendo la porta dietro di me.

Il calore, l'ardore che mi attraversava, si raffredda istantaneamente quando sento il suono della risata di Quinn e i suoi gemiti mentre si sta baciando con un altro tizio a caso sul suo letto.

«Sono tornata» dico, nel caso non avesse notato la mia presenza o sentito entrare.

Lei sbuffa, ma non è minimamente sexy. È chiaramente infastidita dalla mia interruzione. «Tu di nuovo» mormora.

«Sì, io di nuovo.» Ho cercato di dare il suo spazio alla studentessa del secondo anno, sono stata educata, ho persino provato ad essere cordiale, ma ho finito di fare amicizia con una ragazza che non vuole avere niente a che fare con me. È anche la mia stanza, e solo perché ha un ragazzo non significa che devo stare nel corridoio, di nuovo, finché non ha finito.

«Non puoi, tipo, uscire per un po'? Darci un po' di privacy.»

«Che ne dici di tornare a casa sua?» dico indicando la porta con il pollice. Prendo le mie cuffie, sapendo già che non ha alcun desiderio di andarsene.

Il mio telefono vibra con un messaggio; è un numero sconosciuto. Apro il messaggio e vedo che è di Nova e che è un invito a una festa il prossimo fine settimana. Non rispondo subito. Conosco appena la ragazza, e non sono proprio il tipo da feste.

Ovviamente, andare alla festa significa che avrò la possibilità di rivedere Luca, il che mi fa sentire ancora più combattuta. Provo dei sentimenti per lui; stanno chiaramente crescendo in qualcosa che preferirei non provare, considerando chi è - uno dei migliori giocatori di hockey di Evergreen.

Perché dovrebbe importare? Perché può avere qualsiasi ragazza voglia, e anche se potrebbe pensare di volermi, non sono sicura che sia così. Perché si annoierà e si stancherà di me, se è questo il caso. Non abbiamo nulla in comune.

Io odio lo sport.

Lui vive e respira hockey.

I suoi amici sono tutti giocatori di hockey. È la sua vita. Suo padre è probabilmente un grande fan di hockey e lo ha fatto interessare a questo sport.

Il mio telefono vibra di nuovo, un altro messaggio.

Nova: Luca non sarà alla festa. Sarà per il mio diciottesimo compleanno, pigiama party solo per ragazze. Spero non sia un problema.

Harper: Ci sarò.

Conosco appena la ragazza, ma è praticamente una sorella per Luca e non ho molti amici nel campus. Anche se, tecnicamente, Nova non frequenta nemmeno questa scuola.

Esalo e chiudo gli occhi, massaggiandomi le tempie.

Passare del tempo con Nova è un'opzione molto migliore che restare con Quinn. Non che la mia compagna di stanza ed io usciamo mai insieme. Se essere costrette a condividere una stanza conta, è il massimo che abbiamo fatto.

––––––––

Vado benissimo all'esame di Economia grazie a Luca che ha passato ore con me, spiegando tutto meglio del nostro professore. Mi sta accompagnando alla lezione successiva, con un leggero sorriso sulle labbra, come se avesse qualcosa di eccitante da condividere.

«Sei felice» dico, guardandolo. È perché il weekend è quasi arrivato? Non vedo l'ora di non avere lezioni per due giorni. «C'è un motivo speciale?» chiedo. Sembra quasi gioioso.

«Sono solo contento che tu abbia superato l'esame.»

Sembra che ci sia di più, ma non insisto. «Immagino sia perché ho un buon insegnante.»

«È meglio che tu intenda me» dice Luca, dandomi una leggera spinta mentre camminiamo insieme all'aperto. «Sei libera domani per uscire?»

«Non posso. Ho dei programmi. Nova mi ha invitato alla sua festa di compleanno venerdì sera. Hai qualche suggerimento per un regalo?»

«A parte non andarci?» mormora Luca, corrugando la fronte e dilatando le narici.

Mi fermo e mi giro verso di lui. «Voi due non andate d'accordo?» Sono passati solo un paio di giorni da quando siamo usciti tutti e tre insieme, ma forse è successo qualcosa tra loro.

Si gratta il retro del collo. È un gesto imbarazzato, e sembra a disagio nel rispondere. «Penso solo che ti divertiresti di più qui nel campus questo fine settimana.»

«Le ho già detto che ci andrò. Non voglio deluderla.» E poi, non è che abbia altri piani, e mi farebbe bene stare un po' lontana da Quinn.

«Lo sai che è un pigiama party, con un gruppo di ragazze delle superiori.»

«La fai sembrare una cosa scandalosa. Compie diciotto anni. Io ho diciotto anni,» dico, indicando me stessa. «Non ci sarà nemmeno un ragazzo che resta a dormire, quindi se sei preoccupato per lei, rilassati.»

«Rilassati,» brontola a denti stretti.

Ho chiaramente toccato un nervo scoperto. Solo che non so quale e perché.

Mi giro sui tacchi e accelero il passo, dovendo andare a lezione. Luca si affretta a seguirmi. «Non posso convincerti a non andarci?»

«Non vedo il problema,» dico.

Non mi risponde. Qualunque problema abbia inventato è rimasto sepolto dentro di lui.

Ci avviciniamo all'edificio, e allungo la mano verso la maniglia, lanciando un'occhiata a Luca da sopra la spalla. «Magari possiamo vederci domenica.»

«Sì, magari.» È cupo, la scintilla nei suoi occhi grigio-blu è scomparsa. «Domenica ho un'amichevole con i ragazzi, ma forse possiamo organizzare qualcosa.»

«A dopo,» dico, entrando nell'edificio per la mia prossima lezione.

———

Non sento più Luca. Non so perché mi aspettassi di vederlo o sentirlo. Non è che stiamo insieme.

Eppure, sembra diverso.

Quasi come se fosse arrabbiato con me perché vado alla festa di Nova. Forse sto esagerando la situazione, ma era evidente che non voleva che ci andassi.

Passo dalla libreria locale e compro una carta regalo come presente. Non so cosa le piaccia leggere o in realtà non so nulla di lei. Luca non mi è stato d'aiuto quando gliel'ho chiesto.

Lo metto in un sacchetto carino insieme a un peluche di narvalo che ha attirato la mia attenzione. La squadra di Luca sono i Narwhals, quindi forse questo mi farà guadagnare qualche punto. A Nova piace almeno l'hockey?

Seduta sul mio letto, sto sistemando tutto per bene nella busta e aggiungendo un po' di carta velina brillante per nascondere le sorprese all'interno, quando la porta del dormitorio si spalanca.

Quinn è tornata, e per la prima volta, non è appiccicata a qualche nuovo ragazzo. Però, indossa una maglia della squadra di hockey di Evergreen.

E non una maglia qualsiasi, ha il nome Ricci sul retro e il suo numero 21. I numeri sono cuciti a mano e chiaramente è stata fatta su misura.

Sono sia arrabbiata che gelosa allo stesso tempo.

Anche se lo negherei se qualcuno me lo chiedesse.

«Stasera non ti disturberò,» dice Quinn. Apre il suo armadio, prende alcune cose, inclusi pittura facciale blu e bianca e mollette per capelli. «Vado a vedere i Narwhals giocare stasera. Non posso credere di essere riuscita ad accaparrarmi posti in prima fila per vedere giocare Luca Ricci! È così sexy.»

Il mio stomaco fa capriole quando pronuncia *il suo* nome.

Non dovrebbe importarmi. Non mi piace l'hockey, e di certo non mi piace Quinn. Ma l'idea che faccia il tifo per Luca mi fa venire la nausea. Questo mi rende una persona terribile? Dovrei essere felice che abbia delle fan, ma il solo fatto che sia Quinn mi dà fastidio.

«Dormirai qui stasera? Perché se riesco a mettere le mani su quel giocatore di hockey così sexy, farò la mia mossa e segnerò con lui.» Mi fa l'occhiolino.

La bile mi sale in gola.

«Sarò fuori domani sera.» Non so nemmeno perché glielo dico.

«Oh. Che peccato,» fa il broncio. «Devo sempre essere così accomodante con te.» Sta esagerando, lamentandosi e cercando di farmi sentire in colpa. «Perché non puoi farmi questo favore e trovarti un altro posto dove dormire stanotte?» Ha quell'espressione da cerbiatta che magari funziona con i ragazzi ma non ha alcun effetto su di me.

Sbuffo alle sue parole. «Perché non puoi tenere le gambe chiuse per una notte o scopartelo negli spogliatoi?»

Le si alzano le sopracciglia. Sembra sorpresa che abbia risposto. L'atteggiamento lamentoso e schivo è scomparso dal suo comportamento. «Non è una cattiva idea,» dice con un sorrisetto.

Mi odio per averlo anche solo suggerito. Aspetto che se ne vada prima di afferrare il telefono e mandare un messaggio a Kensley, dicendole che deve venire qui al più presto.

Nel giro di dieci minuti, è nella mia stanza, seduta di fronte a me sul letto. «Racconta tutto,» dice.

Non ero esattamente esplicita nel messaggio. Le ho solo scritto di portare il suo sedere qui perché stavo andando nel panico.

«Luca gioca stasera.»

Kensley stringe le labbra. «Sì, lo so. Ma a te non piace l'hockey.»

«A Quinn apparentemente sì. La ragazza stava sbavando su Luca. Avresti dovuto vedere la sua maglia personalizzata.»

«Quindi, sta indossando una maglia con il suo nome sopra. E allora? Cosa ti agita tanto?» Kensley aspetta che io mi spieghi meglio.

«Vuole andare a letto con Luca, ha messo gli occhi su di lui. Se conosci Quinn, gli pianterà gli artigli addosso e lui non se ne accorgerà nemmeno.»

Kensley si alza, stiracchiando le gambe e la schiena. Si dirige verso la porta.

«Dove stai andando?» chiedo.

«Se sei così presa da Luca, allora dobbiamo arrivarci prima noi.»

«E dire cosa?» Scuoto la testa; non possiamo farlo. Non combatterò per Luca o lo costringerò a scegliere tra Quinn e me. Non vincerei mai.

Kensley sta ridendo e mi prende le mani, tirandomi su dal materasso. «Andremo a guardarlo giocare, faremo il tifo per lui e cattureremo il suo sguardo. Quinn non ha alcuna possibilità se ci sei tu.»

«È divertente,» dico, indicando Kensley.

«Cosa?»

«Che tu pensi che io abbia una mezza possibilità con Luca. Siamo solo amici.»

Lei alza gli occhi al cielo, per nulla convinta. Kensley infila il telefono in tasca e si gira leggermente, lanciandomi un'occhiata da sopra la spalla. «Prendi la tua tessera universitaria.»

«Questa cosa è assolutamente folle. Non funzionerà mai» dico. «Siamo solo amici.»

«Lo so, continui a ripetere questa frase, ma sono sicura che lo fai perché stai cercando di convincere te stessa che non provi nulla per lui.» Mi guida attraverso il campus, verso l'arena. Non ci ho mai messo piede dentro, ma lei mi conduce all'interno come una professionista.

«Sei segretamente un'appassionata di hockey?» le

sussurro nell'orecchio mentre ci accompagnano ai nostri posti prima che inizi la partita.

«Non mi definirei un'appassionata di hockey; non possiedo maglie o gadget, ma sono andata a qualche partita da piccola. Mio fratello minore adora l'hockey.»

«Lui gioca?»

«I miei genitori non gli permetterebbero mai di mettere piede sul ghiaccio, è troppo pericoloso.»

«Genitori elicottero?»

«Hanno le loro ragioni» dice, senza approfondire ulteriormente.

La nostra squadra, i Narwhals, entra e inizia a pattinare sul ghiaccio, facendo riscaldamento. Intravedo Luca, che pattina sul ghiaccio, facendo stretching e preparandosi per la partita.

«Ricci!» strilla Quinn, saltellando su e giù in prima fila dietro il pannello di plastica, nel tentativo di attirare la sua attenzione.

Lui alza lo sguardo, sorride e fa un cenno con la testa prima di allontanarsi pattinando.

Non riesco a smettere di osservare Quinn, come un incidente ferroviario che richiede ulteriori indagini.

Kensley mi dà una gomitata. «Smettila di essere gelosa di lei.»

Borbotto sottovoce.

«Cosa hai detto?» chiede Kensley, che non è una che ignora qualcosa o lascia correre.

«Non sono gelosa di lei.»

Kensley si alza davanti al suo posto. «Bene, perché non hai alcun motivo di esserlo» dice.

La guardo, incerta su cosa intenda con quella osservazione. Alla fine, mi alzo quando tre studenti cercano di passarci davanti, ma non c'è abbastanza spazio nella fila. Gli spalti iniziano a riempirsi e a diventare più affollati.

«Mi stai guardando come se fossi il diavolo» dice.

Rido, ma è forzato. «Non è vero.»

«Va bene, allora sii gelosa» dice Kensley alzando le spalle. «Stai solo facendo del male a te stessa. Sai che gli piaci. Quinn probabilmente si butterà su di lui perché è quello che fa sempre.»

Gemo. È proprio questo che mi preoccupa. Che Quinn faccia esattamente questo, e che poi Luca ci caschi in pieno perché è un bravo ragazzo.

«Non voglio che gli spezzi il cuore, tutto qui.»

«Sarei più preoccupata che lei gli spezzi il cazzo.»

Una risatina mi sfugge dalle labbra. «Non è un'immagine di cui ho bisogno.»

Kensley scoppia a ridere e mi dà una spinta. «Rilassati. Luca sarà al settimo cielo quando ti vedrà alla sua partita.»

«Non mi noterà nemmeno.» Sono solo un puntino minuscolo in un mare di blu e bianco.

«Se lo dici tu.»

I ragazzi seduti accanto a noi indossano le maglie. In effetti, quasi tutti sugli spalti indossano una maglia o, come minimo, i colori della squadra. Kensley è vestita con un maglione nero, praticamente si fonde con il pubblico. Io, invece, indosso un rosa acceso.

Risalto in modo vistoso, ma è improbabile che Luca stia guardando tra il pubblico. Perché dovrebbe?

Il mio sguardo lo coglie mentre pattina sul ghiaccio, e giuro che posa gli occhi su di me. Dev'essere la mia immaginazione perché lo vedo aprirsi in un sorriso.

Improbabile.

Probabilmente è entusiasta per l'affluenza alla partita di stasera, o forse uno dei suoi compagni di squadra ha fatto una battuta. Non è che sia solo sul ghiaccio. I suoi amici sono con lui, in attesa che la partita inizi.

Luca saluta nella mia direzione, e io mi guardo intorno tra la folla, presumendo che stia solo salutando tutti, dicendo ciao. È amichevole, voglio dire, lo è sempre stato con me. È amichevole con le ragazze in classe e in giro per il campus che letteralmente gli sbattono contro per farsi notare.

Anche se non l'ho mai conosciuto come una persona particolarmente socievole, ha molti amici e va d'accordo con i suoi coinquilini.

Non saprei cosa si prova.

Ecco, di questo sì che sono gelosa e sono disposta ad ammetterlo.

Quinn. È solo una fastidiosa distrazione.

Ed è allora che la vedo in piedi in prima fila dietro il plexiglass, che lo saluta e fa un simbolo a forma di cuore con le mani.

Non ce la faccio più a guardare. Mi lascio cadere sul mio posto e permetto alla folla di circondarmi, nascondermi, per non dover assistere a Quinn che flirta con Luca.

Cosa mi è passato per la testa venendo qui stasera con Kensley? Non posso guardare Quinn flirtare con *lui*.

«Che c'è che non va?» Kensley si siede accanto a me.

Vorrei dirle di *leggere la situazione*, ma probabilmente non sta osservando Quinn come sto facendo io, sentendo la gelosia crescere dentro di me, la rabbia che sale in superficie. Perché deve puntare proprio Luca? Potrebbe avere qualsiasi ragazzo della scuola. Perché proprio *lui*?

La folla inizia a sedersi, e mentre non è esattamente silenzioso, i giocatori iniziano a sparire dal ghiaccio. «Dove stanno andando?» chiedo a Kensley.

«Nello spogliatoio, probabilmente. Annunceranno la squadra e i giocatori quando rientreranno sul ghiaccio.»

«Harper!» mi urla Luca, agitando freneticamente la mano prima che i suoi compagni di hockey lo trascinino via dal ghiaccio prima della partita.

Quinn si gira, accigliata, scrutando la folla. Mi nascondo dietro il tipo alto seduto davanti a me, cercando di non farmi vedere né da Luca né da Quinn, anche se soprattutto da Quinn. Non che Luca non mi abbia completamente messa in imbarazzo.

Perché stava urlando il mio nome?

SEI

LUCA

I miei occhi non mi stanno ingannando. No, è decisamente Harper McKenna sugli spalti, che guarda la squadra riscaldarsi prima della nostra partita.

Ashton mi afferra per la maglia quando lo ignoro, trascinandomi via dal ghiaccio prima che ci mettiamo nei guai.

«L'hai vista?» Non posso credere che Harper si sia presentata, *la signorina Odio gli Sport.*

«Chi, Harper?» Ashton scuote la testa mentre percorriamo il corridoio. «No, ma ti ho sentito urlare il suo nome come un maniaco. Ti stai rendendo ridicolo per una ragazza.»

«Sta' zitto.» Gli do una spallata mentre entriamo nello spogliatoio.

Ashton alza gli occhi al cielo, ridendo. «Peccato che ci piaccia la stessa ragazza.»

Il mio stomaco precipita alle sue parole. «Ti piace Harper?»

Sapevo che aveva una piccola cotta, ma pensavo l'avesse superata.

I suoi occhi scuri brillano mentre offre un raro sorriso. «Non preoccuparti, so bene di non dover rubare ciò che è tuo.»

Tecnicamente non è *mia*. Anche se vorrei che lo fosse. Ma se Ashton sa di doversi tenere alla larga da lei, perfetto.

«Bene.»

«Scopri per me se ha una sorella,» dice Ashton con un sorriso malizioso.

Non ho intenzione di fare i comodi di Ashton. Se

vuole una ragazza, può trovarsela da solo. «Chiedilo tu stesso la prossima volta che viene a trovarci.»

«O potrei invitarla io stesso a uscire,» mi provoca.

Mi lancio verso di lui, e diversi dei nostri compagni di squadra mi trattengono dall'aggredirlo fisicamente.

«Tieniti per il ghiaccio, Ricci!» mi urla l'allenatore.

So che l'allenatore ha ragione. Non dovrei litigare con Ashton, ma è difficile lasciar correre certe cose, specialmente quando parla di *lei*.

Harper potrebbe non essere ancora la mia ragazza, ma non voglio che nessun altro pensi anche solo di poter uscire con lei.

Perché la verità è che la voglio. Sono più che leggermente interessato. E il solo pensiero che qualcun altro possa mettere le mani su di lei mi disgusta.

La rabbia che cresce dentro di me, la odio. La sensazione di agonia, questa palla stretta annidata nel mio petto, che cade nel mio stomaco con ogni respiro profondo che faccio. Sto annegando. Più penso a chiunque altro che le presti anche solo attenzione, più mi sento sprofondare.

Sono un campanello d'allarme ambulante, lo so. Do la colpa a mio padre per questo, e per quanto non voglia essere come lui, lo disprezzo, sono comunque cresciuto sotto il suo tetto. È ingenuo pensare che potrei essere qualcos'altro.

Ecco perché sono qui a giocare a hockey. L'unico sport che lui detesta assolutamente. Pensa che io sia debole e sciocco per non seguire le sue orme. Vuole che un giorno sia io a gestire l'impero.

Col cazzo.

Non me ne frega niente, nemmeno se mi offrisse un milione di dollari.

So fin troppo sulla mafia, la famiglia, gli affari che fanno quegli uomini, e vorrei non saperne nulla.

Vorrei non aver mai sorpreso mio padre mentre uccideva un uomo innocente nel seminterrato di casa nostra quando ero bambino. Alcune cose mi perseguitano ancora oggi, e mi rifiuto persino di toccare una pistola. L'odore della polvere da sparo mi fa rivoltare lo stomaco.

Sono sicuro che Dante, mio padre, mi guardi dall'alto in basso per non essermi unito a lui negli affari. In effetti, è una verità che conosco. Me l'ha detto chiaramente, eppure, non fa alcuna differenza per me.

Evito di tornare a casa. Nel momento in cui sono stato accettato all'Università di Evergreen, me ne sono andato a gambe levate da quel miserabile posto.

Ho sentito mamma piangere quando sono stato accettato con una borsa di studio completa. Lei è l'unica ragione per cui considererei di tornare a casa, ma non posso e non lo farò.

Il mio cuore martella nel petto al suono della folla che esulta e grida. Lo speaker incita il pubblico e inizia le presentazioni per la nostra squadra mentre torniamo sul ghiaccio. Cerco Harper tra gli spalti. C'è un mare di verde acqua e nero per i Narwhals, la nostra squadra, ma è difficile individuarla al momento, e indossava un rosa acceso.

La folla è in piedi, facendo il tifo per noi, ed è una sensazione fantastica. Adoro le partite in casa.

Harper se n'è già andata? Ha detto chiaramente che odia lo sport. Quindici minuti a guardarci allenarci, prepararci per giocare, e se n'è già andata.

––––––––

Ci fanno il culo. È brutale, ed è in parte colpa mia. Non sto giocando al meglio dopo aver avvistato *lei* sugli spalti, e dopo che Ashton mi ha fatto arrabbiare parlando di invitarla a uscire.

Dire che sono distratto è un eufemismo, perché continuavo a lanciare occhiate in alto, cercandola. Mi sono ritrovato con la faccia schiacciata contro il vetro diverse volte, mi hanno rubato il disco e mi hanno fatto il culo ancora di più.

Harper però non l'ho vista da nessuna parte.

Certo, ci sono un sacco di persone nello stadio. È affollato, e probabilmente è solo nascosta dietro qualcuno più alto di lei. Non rende le cose più facili per me, sapere che è là fuori a guardare la mia umiliazione.

O peggio, stava guardando, e poi dopo che ho gridato il suo nome e le ho fatto un cenno, si è vergognata ed è andata via.

Questo pensiero mi ha tormentato per tutta la partita.

Tanto che non riuscivo a concentrarmi sul maledetto disco che scivolava sul ghiaccio o sulla squadra avversaria che si precipitava a prenderlo. Non ho dato alla partita la stessa energia che di solito metto. È come se il mio cuore non ci fosse, perché la mia attenzione è rivolta alla cosa sbagliata.

Dopo la partita, l'allenatore se ne accorge, mi prende da parte e mi fa una bella ramanzina di dieci minuti.

È furioso perché ho fatto un casino, in grande stile.

Non ho nulla da dire. Non tento nemmeno di trovare scuse perché so che ha ragione, e questa è l'unica cosa che fa più male. Ho fatto schifo perché cro distratto da una ragazza.

Che mi venga un colpo.

Devo togliermi Harper dalla testa. È pericolosa.

Mi faccio la doccia nello spogliatoio, e Ashton mi fulmina con lo sguardo mentre mi asciugo. «Che c'è?» chiedo. È impossibile ignorare il suo sguardo arrabbiato. È come il calore che irradia dall'asfalto.

«Hai giocato di merda stasera.»

«Grazie,» mormoro mentre indosso i vestiti puliti. «Lo apprezzo, *amico*.»

«Non sono il tuo leccaculo personale.» Mi fissa, il suo sguardo non vacilla mai.

Non mi aspettavo che capisse cosa intendessi, e questo mi fa sentire ancora più una merda. «Scusa.».

Ashton mi guarda con una quieta intensità mentre allaccio le scarpe da tennis e metto in ordine l'armadietto.

Di solito, gli risponderei male, chiedendogli cosa sta guardando, ma dopo la serata che ho avuto, sono esausto. Se ha qualcosa da dire, lo farà. Lo conosco abbastanza bene da sapere che non si tratterrà.

Non rimango deluso.

«Ti sei preso una cotta per la biondina carina?» Non ha bisogno di dire il suo nome. La vede sempre in casa, noi due che studiamo insieme.

Mi mordo la lingua per non rispondere. Un po' di dolore in realtà mi fa bene adesso. Me lo merito dopo quanto ho giocato male stasera.

«Cavolo, non lo neghi nemmeno,» dice Ashton con una risatina. «Lo sapevo! Quelle sessioni di studio sono molto più interessanti di quanto lasci intendere.»

Alzo gli occhi al cielo, prendo il telefono e le chiavi ed esco dallo spogliatoio, facendomi strada attraverso l'edificio verso l'uscita per raggiungere la mia auto.

Ashton è proprio dietro di me e mi sta dando sui nervi mentre si affretta per starmi dietro. «Mi dai ancora un passaggio a casa stasera, vero?»

Dovrei far tornare il bastardo a piedi, ma mi sento generoso. Lui ha segnato due gol. Io ne ho fatto entrare uno alla squadra avversaria. Spingo le porte dello stadio e sento una folata d'aria gelida colpirmi la pelle.

Fuori è gelido, e c'è una bella camminata fino alla macchina. Posso praticamente vedere il mio respiro, e armeggio con le chiavi in tasca. «Sali, ma non farmi aspettare,» lo avverto.

Ashton si affretta, sapendo che potrei anche lasciarlo a piedi. Sono in quello stato d'animo stasera.

Quello che non mi aspetto è di vedere una ragazza sconosciuta appoggiata al lato del conducente della mia auto. Indossa la mia maglia insieme a un paio di leggings neri. Sta tremando e ha le braccia incrociate sul petto, ma non credo che questo la stia aiutando molto a tenersi al caldo.

«Posso aiutarti?» Il mio tono è tagliente, rapido e con tutto il mordente del freddo che mi punge le dita.

Non la riconosco, e se è una groupie, non sono interessato.

Le sue guance sono rosee, e non riesco a capire se è il freddo esterno o il mio tono brusco a farla arrossire.

Ormai la maggior parte delle auto ha lasciato il parcheggio, il che ha reso abbastanza facile trovare il mio veicolo nascosto in fondo, e con nessuno parcheggiato su entrambi i lati, non dovrebbe avere avuto problemi a trovare la sua auto.

«Seguiamo entrambi chimica,» dice, sussurrando, i suoi occhi pesantemente truccati con eyeliner e mascara. I suoi occhi sono ipnotici, e inspiro bruscamente, cercando di ricordarmi di lei. «Speravo di poterti offrire da bere,» sussurra, mantenendo la voce bassa e seducente.

È carina, ma sto avvertendo strane vibrazioni da stalker, considerando che mi sta chiedendo di uscire davanti alla mia auto. Come faceva a sapere quale auto fosse la mia nel parcheggio? «Sono lusingato ma non interessato,» dico. Non riesco a ricordare il suo nome, e anche se sto seguendo Chimica 201, giuro di non aver mai notato questa ragazza prima.

Probabilmente non indossava la mia maglia in classe, però.

«Le darai un passaggio?» chiede Ashton, aprendo con uno strattone la portiera dell'auto e salendo dal lato passeggero. Sbatte la portiera prima che io abbia il tempo di rispondergli.

La bionda fa il broncio e trema di nuovo, ma questa volta è molto più evidente. Non posso fare a meno di chiedermi se sia intenzionale, come se stesse cercando di comunicarmi con il linguaggio del corpo che ha freddo. Cosa di cui non dubito, considerando il suo abbigliamento.

«Mi daresti un passaggio?» chiede, con i suoi occhi azzurri che mi guardano pieni di speranza. «Non abito lontano. Sono nei dormitori.»

Do un'occhiata alle mie spalle. Non c'è traccia di Harper, l'unica ragazza che voglio vedere stasera. Immagino che se ne sia andata presto o sia uscita con le sue amiche, dato che dubito sia venuta da sola a guardare la partita di hockey.

Sospiro e apro con riluttanza la portiera posteriore. «Sali. Ti accompagno.»

«Grazie!» La ragazza strilla di gioia e sale sul sedile posteriore. «Sono Quinn,» dice, rapida a presentarsi.

Chiudo la portiera e mi affretto a sedermi al posto di guida, accendendo il motore per riscaldare il veicolo.

«Scommetto che già conosci i nostri nomi,» dico. Indossa la mia maglia, che sembra fatta a mano.

«Luca Ricci e Ashton Rinaldi,» dice. «Difficile non sapere chi siete voi due, visto che siete i migliori giocatori di hockey dell'Evergreen.»

La ragazza sa come lusingare un ego.

«Io sono più bravo,» commenta Ashton voltandosi e regalando a Quinn un sorriso abbagliante. «Stai indossando la maglia sbagliata, Quinn. Questo tipo passa più tempo in panchina punizione che sul ghiaccio.» Indica con il pollice nella mia direzione.

Di solito, discuterei su chi sia il giocatore migliore, che ovviamente sono io, ma stasera non ne ho voglia.

I miei pensieri tornano a Harper, avendola vista prima sugli spalti. Non riesco a smettere di pensarci.

Perché è riuscita a entrare così sotto la mia pelle?

«Quindi, quella partita di stasera. Dura,» dice Quinn. È piena di eccitazione ed energia, nessuna delle quali sto provando al momento. Dopo una partita, di solito sono al settimo cielo per l'adrenalina.

Stasera è stata una sconfitta difficile. Un campanello d'allarme che mi ricorda che devo darmi una regolata per la nostra prossima partita. Devo affrontare la questione Harper, qualunque cosa significhi... non ne sono nemmeno sicuro.

Guido verso il campus e alzo lo sguardo verso il palazzo di Harper. «Dammi un minuto. Voglio vedere una persona,» dico ad Ashton.

«Sul serio? Lo vuoi fare adesso?» Ashton sbuffa e appoggia la testa sul poggiatesta. «Lascia almeno il motore acceso, va bene?»

Lascio il motore acceso e mi affretto a uscire nell'aria gelida. «Sono nell'Edificio B,» dice Quinn.

Anche Harper vive nell'Edificio B.

«È proprio lì che sto andando,» dico. La seguo dentro e, poiché è tardi, lei usa il suo badge per accedere all'edificio. Mi fa entrare con lei, permettendomi di bypassare la sicurezza, e ci dirigiamo insieme verso est nell'edificio per prendere gli ascensori.

«Quale piano?» chiede Quinn mentre la seguo nell'ascensore.

«Otto.»

Lei preme il pulsante dell'ottavo piano e si appoggia alla parete dell'ascensore. «Grazie per il passaggio,» dice Quinn. «Se mai vorrai prendere quel drink...» Il sorriso non lascia mai il suo volto, i suoi occhi di zaffiro brillano mentre mi guarda piena di speranza che io dica di sì.

«Apprezzo l'offerta, ma sono impegnato.» Non voglio ferire i suoi sentimenti, ma non ho alcun interesse a conoscere questa ragazza. È carina, sembra abbastanza simpatica, ma c'è qualcosa in lei che mi sembra strano.

Potrebbe essere il fatto che mi stesse aspettando alla mia macchina stasera dopo la partita.

Un grosso campanello d'allarme.

Non serve essere un genio per vederlo.

L'ascensore suona, e le faccio cenno di uscire per prima. La seguo, e ci dirigiamo nella stessa direzione.

Quinn ha un leggero saltello nel passo, quasi come se fosse euforica per la serata. Anche se non so bene perché. Quella ragazza è un mistero, uno in cui non ho bisogno di coinvolgermi in alcun modo. «Sei sicuro che non posso offrirti quel drink?» Mi guarda da sopra la spalla con un sorriso consapevole.

Pensa che sia venuto quassù per lei?

Credevo di aver chiarito che volevo far visita a un'amica.

«È stato dolce da parte tua, cercare di proteggere la mia reputazione dal tuo amico. Ma non sono una ragazzina innocente, Luca. So badare a me stessa.»

Di cosa sta parlando?

Quinn giocherella con la chiave in mano e si ferma davanti alla 802, la stessa stanza verso cui mi sto dirigendo per far visita a Harper. Infila la chiave nella serratura e mi guarda ancora una volta prima di tirare la mia maglia, attirandomi più vicino, e posare le sue labbra sulle mie con forza.

SETTE

HARPER

Sto ribollendo dal momento in cui ho lasciato l'arena, arrabbiata con Luca per avermi messa in imbarazzo e ancora più infastidita con Quinn per aver cercato di rubare l'attenzione di Luca.

Ho praticamente consumato il tappeto del dormitorio a forza di camminare avanti e indietro, aspettando che Quinn tornasse a casa. Non è possibile che abbia ottenuto ciò che voleva e sia finita con Luca.

È ovvio che lo vuole, e Quinn ottiene sempre tutto ciò che vuole. Ogni singola volta.

È nauseante.

Sento la sua chiave nella serratura, ma quando non apre la porta, la spalanco io, chiedendomi perchè diavolo ci stia mettendo tanto. Non dovrei volere che torni a casa, ma ora che so che è fuori, è come una bomba a orologeria e io sto aspettando che esploda.

Non ho mai odiato nessuno più di quanto odio lei.

Anzi, no.

I miei occhi bruciano quando vedo Harper che bacia qualcuno nel corridoio. Si separano, probabilmente per riprendere fiato, e il mio cuore va in frantumi in un milione di pezzi e sbatto la porta con violenza.

«Harper!» mi grida Luca, e le lacrime minacciano di sgorgare dai miei occhi.

Mi rifiuto di piangere.

Non ho dove scappare. Il bagno è nel corridoio, così afferro le mie cuffie e me le infilo sulle orecchie. È questo che Quinn vuole, no?

Chiudo gli occhi, alzo il volume al massimo mentre ascolto la mia playlist metal piena di rabbia e mi metto un cuscino sulla testa, cercando di soffocarmi.

Perché devo sempre innamorarmi del ragazzo sbagliato?

Ci sono voci soffocate, il mio letto si abbassa e sto per urlare contro Quinn e Luca quando tolgo il cuscino dalla faccia e apro gli occhi, fissando Luca.

Lui indica le cuffie che sto indossando, e a malincuore le tolgo. Inspiro bruscamente, pregando che il mio viso non sia rosso per quelle poche lacrime che hanno minacciato di cadere.

«Cosa?» La mia domanda è tagliente e piena di tormento.

«Sono venuto sperando che potessimo parlare.»

Rido amaramente, sentendo un nodo contorto dentro lo stomaco. «Parlare?» ripeto. «È difficile immaginare che possiamo farlo mentre infili la lingua in gola a Quinn.»

Lui sospira e lancia un'occhiataccia a Quinn prima di tornare a fissarmi. «Non è quello che è successo.»

«Sei salito in camera con lei. Fammi indovinare, le hai anche dato un passaggio dopo la partita?»

Il silenzio cade tra noi.

«Sei gelosa,» dice lui, come se stesse realizzando qualcosa, e questo non fa altro che farmi sentire ancora più a disagio.

«No. Non so di cosa stai parlando.» Mi siedo sul letto, butto le gambe fuori dal materasso. «Non ho motivo di essere gelosa,» dico, affermando l'ovvio.

Fingo di essere infastidita dalla sua accusa, anche se potrebbe aver ragione. Tuttavia, mi rifiuto di ammetterlo con lui.

«Sei pazzo, e perché sei venuto a parlarmi?» chiedo cercando di rivolgere la linea di interrogatorio verso di lui.

Dovrebbe essere lui quello interrogato per aver avuto una sessione di baci con la mia coinquilina.

«Da quanto tempo voi due...» faccio un gesto tra loro, sperando che non sia una vera e propria *cosa*, perché non potrei sopportare di sapere che stanno scopando nella nostra stanza del dormitorio.

«Ho una cotta per lui da settimane,» dice Quinn, con la voce stucchevvole come miele, dolce, zuccherina e piena di desiderio.

«Non c'è niente tra me e lei,» afferma Luca, indicando Quinn. Non dice il suo nome. Non sono sicura che lo sappia nemmeno, ma non sarebbe una sorpresa terribile. A Quinn piace andare a letto con qualsiasi ragazzo che abbia un battito cardiaco, e dubito che conosca i nomi di tutti gli uomini con cui è andata a letto.

«Tranne stasera,» sussurra Quinn, e il mio stomaco fa capriole. Mi agito sui piedi, aspettando che qualcuno elabori e sperando che sia Luca a farlo.

«Ti ho dato un passaggio a casa, e non è il mio primo rimpianto della serata,» dice Luca. Il suo telefono inizia a vibrare nella tasca, e lui impreca sottovoce. «Ho lasciato Ashton ad aspettare in macchina.»

Quinn sorride, ma la recita dolce e timida che stava facendo svanisce. «Invitalo su. Potremmo renderla una *vera* festa.»

Luca sbuffa. «Non succederà. Harper, possiamo parlare?»

«Dovresti scendere; non puoi far aspettare Ashton per sempre,» dico. Non voglio che se ne vada, ma non voglio nemmeno avere una conversazione con Quinn nella stanza.

Lui si protende verso di me, spostando una ciocca di capelli dal mio viso e mettendola dietro l'orecchio. Il suo tocco è caldo e mi manda brividi che mi attraversano tutto il corpo. Mi appoggio al suo tocco, guardandolo. Voglio baciarlo e urlargli contro, entrambe le cose contemporaneamente.

È normale sentirsi così agitata per un ragazzo?

«Probabilmente hai ragione,» sussurra, ma non si muove. «Questo weekend, io e te, una serata tranquilla in un posto romantico. Un vero appuntamento,» dice, rendendo le sue intenzioni cristalline.

Le sue dita sono come una calda corrente che offre al mio corpo un assaggio di ciò che verrà. Il dorso delle sue dita sfiora la mia guancia, ed io espiro dolcemente, grata di essere seduta, altrimenti avrei sicuramente le ginocchia tremanti.

Come fa ad esercitare questo tipo di potere su di me?

È solo una cotta. Le parole rimbalzano nella mia testa, ma è troppo facile innamorarsi di lui, e sto cercando di non farmi travolgere.

«Mi piaci, Harper, nel caso non l'avessi notato.» Sta mettendo le carte in tavola, nel caso dirmi che vuole un vero appuntamento non fosse abbastanza. «Voglio avere l'opportunità di conoscerti meglio.»

Mi appoggio al suo tocco mentre le sue dita scendono lungo la mia mascella.

Vorrei baciarlo, così tanto, ma mi trattengo. Ha appena baciato Quinn.

E forse, se sono onesta con me stessa, sono un po' preoccupata di sentire il suo sapore se lo bacio. E se non sento il suo lucidalabbra alla ciliegia, cosa succede se mi innamoro di lui ancora più velocemente?

Non può succedere.

Devo mantenere le cose lente, caute.

Perché è Luca Ricci.

È sexy.

Intelligente.

Atletico.

E, cosa più importante, ha tutte le ragazze che gli sbavano dietro. Non voglio essere un altro numero nella sua lista.

È più di questo... molto di più di quanto io possa affrontare di nuovo.

«Allora, che ne dici di quell'appuntamento nel weekend, solo noi due? O potremmo farlo durare tutto il fine settimana,» dice Luca e sorride.

Gli do credito per la sua perseveranza. «Vuoi dire che il nostro primo appuntamento con tua sorella minore tra i piedi non conta?» Lo sto prendendo in giro per Nova perché forse spezzerà la densa tensione sessuale che aleggia nell'aria.

«Decisamente non conta.» Mi offre un sorriso ironico. «Quindi, sabato o domenica? Scegli il tuo veleno,» scherza.

Il mio cuore può davvero fidarsi di lui?

Non riesco a cancellare l'immagine delle sue labbra sulle *sue*, ma credo a Luca quando dice che lei gli si è buttata addosso. Sembra proprio da Quinn.

Mi piace Luca, molto, ma fidarmi di lui è qualcosa che non mi viene naturale. Sono già stata scottata prima, con il mio ragazzo del liceo. Giurava di amarmi, che saremmo andati insieme alla Evergreen University, e che aveva occhi solo per me. Che io ero il centro del suo mondo.

Era tutta una montagna di stronzate. L'ho beccato a

letto con due cheerleader, e poi ha avuto la sfacciataggine di invitarmi a unirmi a loro!

Quel ricordo mi fa ribollire il sangue e mi perseguita ancora oggi.

Sì, ho problemi di fiducia. Quel bastardo è stato la causa, e anche se so che non tutti i ragazzi sono dei perfetti stronzi, lui era nella squadra di football. Il che mi fa voler stare alla larga dagli atleti.

E Luca gioca a hockey. È difficile non vedere le somiglianze. Ha ragazze che gli si buttano addosso continuamente. È una grande competizione e, beh, temo che alla fine non vincerò. Finirò con il cuore a pezzi di nuovo.

Luca inevitabilmente troverà qualcun'altra che non ha problemi di fiducia, che è più divertente da frequentare e che ama davvero lo sport.

Non abbiamo niente in comune. Questo non è cambiato, e non cambierà mai.

Il mio cuore sussulta mentre fisso quegli occhi grigio freddo che mi provocano sciami di farfalle nello stomaco.

Che male c'è in un appuntamento?

«Domenica,» dico. Avevamo parlato di uscire domenica all'inizio della settimana; il piano è ancora valido. «Vedrò Nova per la sua festa di compleanno questo weekend, ma sarò a casa domenica per un appuntamento. Potrei tornare tardi sabato dato che la festa è venerdì sera, ma non sono sicura dell'orario.» Mi alzo, spingendolo delicatamente verso la porta, un sorriso fugace si forma agli angoli delle mie labbra. Il solo pensiero di un appuntamento con lui mi ha messo di buon umore.

Mi sento cautamente ottimista.

«Verrai a casa mia?» chiede, con la voce che si blocca in gola mentre lo spingo praticamente fuori dalla porta.

«Sì, il compleanno di Nova. Ricordi?» Sorrido debolmente mentre gli faccio segno di andare. «Ashton ti sta aspettando.»

Il suo telefono vibra di nuovo, come a confermare le mie parole.

«Giusto,» dice Luca e sospira. Sembra perplesso. Non sono sicura del perché.

«Buonanotte, Luca,» dico e chiudo la porta dietro di lui. Mi giro sui tacchi, fulminando Quinn con lo sguardo. Se gli sguardi potessero uccidere, starei pulendo la stanza da un cadavere in questo momento.

OTTO

LUCA

Sarebbe impossibile per me dimenticare il compleanno di Nova. Soprattutto, perché ne parla entusiasta da una settimana.

È eccitata?

Sì.

Penso abbia più a che fare con il diventare adulta che con altro. Non ha fatto che blaterare di università e di come sia stata accettata all'Università Evergreen per il prossimo semestre.

Non posso dire di essere sorpreso, visto che è nel campus praticamente in continuazione. È una fortuna che andiamo d'accordo, altrimenti la caccerei fuori e la denuncerei per la sua presenza non autorizzata.

Non c'è modo che Moreno e Paige sappiano quanto tempo passi qui. Non c'è alcuna possibilità che vogliano che lei frequenti ragazzi universitari.

Per quello che ne sanno, non è mai uscita con nessuno.

Io la so più lunga.

Nova sa mantenere un segreto.

E a quanto pare, lo so fare anch'io.

La verità è che vado più d'accordo con Moreno che con mio padre, il che non dice molto, considerando che Moreno non è minimamente amichevole o caloroso. Immagino sia questo che succede quando riunisci la mafia sotto un unico tetto e poi provi a crescere una famiglia.

Il risultato: figli incasinati.

Ho evitato di tornare a casa. A ogni occasione sono rimasto nel campus, ma Nova farà la sua festa per i diciotto anni a casa e sentendo Harper dirmi che ci andrà, tutto ciò a cui riesco a pensare è *questa è una pessima idea*.

Ho provato a mandare messaggi a Nova suggerendole di cambiare location. Potrebbe venire qui per il suo compleanno, far dormire le ragazze sul pavimento del soggiorno o sul divano.

La risposta che ho ricevuto è stata un'emoji che rideva fino alle lacrime.

Nova è testarda quanto suo padre.

Il che significa che sto preparando una borsa per il weekend prima di guidare verso casa, l'unico posto dove avevo giurato che non sarei mai tornato, a nessun costo.

Ashton bussa alla porta aperta della camera mentre infilo gli ultimi oggetti nel borsone. «Sei pronto?» chiede.

Lui non è della zona. È cresciuto a Chicago, parte di un'estensione della famiglia per così dire, non di sangue ma comunque fratelli. La mafia è sempre famiglia, o ti amano o ti uccidono.

A quanto pare, le nostre famiglie vanno abbastanza d'accordo da non uccidersi a vicenda.

Aiuta il fatto che siamo cresciuti in parti diverse del paese. Non ci sono dispute territoriali tra fratelli.

«Sì, andiamo.» Non sono entusiasta di tornare al complesso dove sono cresciuto, ma Nova sta organizzando la sua festa, e la verità è che Harper sarà lì, e qualcuno deve tenerla d'occhio.

———

Ci dirigiamo verso il complesso, e Ashton è silenzioso. È stato qui una volta prima, quando eravamo solo bambini. Fu la prima volta che ci incontrammo. Mi chiedo se possa ricordarselo, eravamo molto piccoli.

Non vedo l'auto di Nova fuori, e non sono sicuro di come Harper abbia intenzione di arrivare qui. Probabilmente avrei dovuto offrirle un passaggio, ma non è che voglia incoraggiarla a venire alla festa di Nova.

Sono contento che Nova e Harper passino del tempo insieme. È fantastico che stiano diventando amiche. Ciò che non è così bello è visitare questo posto con Harper.

Lei non ha la minima idea della nostra famiglia, e non ho intenzione di dirle che mio padre gestisce la mafia. Non c'è motivo per cui debba sapere che tipo di uomo sia, come ordina ai suoi uomini di uccidere i suoi nemici e derubarli. Non è un brav'uomo.

Mamma lo asseconda solo perché giura che la sua famiglia non è migliore, il che è tutto dire. Non li ho mai incontrati.

Difficile credere che provenga da una famiglia mafiosa rivale, ma ho fatto qualche ricerca e investigazione quando ero alle medie, e non sta mentendo. Pensavo che forse papà li avesse fatti uccidere tutti, ma sono ancora in giro, a causare scompiglio e omicidi a loro volta.

«Sembra che siamo arrivati presto,» dice Ashton, notando la stessa cosa che noto io; l'auto di Nova non è fuori, e l'ingresso principale è piuttosto deserto. Se ci fossero già degli ospiti, mi aspetterei qualche veicolo in più davanti.

Parcheggiamo l'auto, e io esito, tentato di tornare indietro. «A che ora inizia la festa?» chiedo.

Ashton alza le spalle e scende dal veicolo, per nulla infastidito dal nostro arrivo anticipato. Prende il suo zaino dal sedile posteriore insieme a una borsa da viaggio.

Prendo il mio borsone dal sedile posteriore e me lo butto sulla spalla. Anche se non voglio restare per la notte, so anche che se Harper ha intenzione di passare la notte qui, devo essere presente e assicurarmi che sia al sicuro.

Stasera farà freddo, il che mi dà un'idea e anche una ragione per tenerla fuori casa il più possibile.

Mi dirigo sul retro. Ashton si affretta dietro di me, borse in mano, come se stessi camminando verso un ingresso posteriore per entrare in casa. Avrà una bella sorpresa, perché il mio piano è di passare la minor quantità di tempo possibile intorno a mio padre.

Se sono fortunato, è fuori per affari questo pomeriggio e anche stasera.

Non credo che sarò così fortunato.

Lancio il mio borsone sul portico posteriore. Me ne occuperò più tardi, quando sarò costretto a entrare in casa.

Ci sono alcuni rami rotti sparsi per terra. Li raccolgo e continuo a cercarne altri.

«Metti le tue borse vicino alla porta e aiutami,» dico, dirigendomi verso la linea degli alberi e la foresta che avvolge la proprietà. C'è una recinzione che mantiene il lotto sicuro, ma la foresta si estende ampiamente.

«Aiutarti?» mormora Ashton sottovoce. «Cosa stai facendo?»

«Faremo un falò,» dico, portando un buon mucchio di rami e gettandoli nel braciere di pietra nel cortile sul retro. Mi dirigo verso il bosco, raccogliendo qualsiasi legno spezzato e secco per mantenere vivo il fuoco. Ne avrò bisogno di molto per tenere le ragazze fuori, specialmente visto che farà freddo.

Ashton raccoglie un bastoncino e lo punta verso di me. «Tu sai come si fa un fuoco?»

«Mamma mi ha iscritto agli Scout quando ero piccolo. Pensava mi sarebbe stato utile se mi fossi mai perso nei boschi.»

Ashton prende un altro ramo da terra. «E tuo padre?»

Inspiro bruscamente, non volendo pensare a *lui*. «Lui...»

«Sei tornato,» dice Dante, uscendo sul portico posteriore, strizzando gli occhi per la luce del sole mentre mi fissa. «E hai portato compagnia.»

È un benvenuto caloroso quanto mi sarei aspettato da lui. Non è mai stato particolarmente affettuoso per quanto ricordi. Difficile esserlo quando sei incaricato di ordinare a uomini di uccidere per te.

«Salve, signor Ricci. Spero non le dispiaccia che sia venuto senza preavviso,» dice Ashton piuttosto velocemente, le parole quasi si confondono tra loro, e giuro di poter sentire il battito del suo cuore accelerare dall'altra parte del prato.

Immagino che sappia cosa significa avere un Don della mafia come padre, dato che Aurelio gestisce la mafia di Chicago. Anche se Ashton e suo padre vanno d'accordo, e almeno si parlano al telefono una volta al mese.

Mio padre non mi chiama mai.

Ma se lo facesse, non risponderei nemmeno.

«Sei tornato!» La voce di mia madre si diffonde per il giardino, la sua eccitazione trabocca mentre si affretta a uscire scalza per salutarmi. «Non mi avevi detto che saresti venuto, ma è il compleanno di Nova,» dice più a se stessa che a me.

Mi abbraccia e, per un secondo, mi chiedo se mi lascerà mai andare. «È bello vedere te e Ashton,» dice, guardando il mio amico.

Mamma ha rivisto Ashton quando ci stavamo trasferendo negli appartamenti del campus. Si era offerta di venire ad aiutarci a traslocare dai dormitori, e sebbene non avessi accettato la sua offerta, si era presentata comunque per aiutare. Il che significava principalmente spostare alcune scatole da un posto all'altro per noi.

«Grazie, stavo giusto preparando un falò per stasera,» dico, indicando il mucchio di bastoncini e rami gettati alla rinfusa nel braciere.

«Serata perfetta per un falò,» dice. «Farò portare fuori dai ragazzi abbastanza sedie e mi assicurerò che ci siano gli ingredienti per gli s'mores.»

Gli occhi di Ashton si illuminano. «Cavolo, non li mangio da quando ero bambino.»

Mamma sorride e mi guarda. «Devo far comprare qualcos'altro al negozio?»

«Dovresti chiedere a Nova,» dico. «È la sua festa.»

Lei ride e annuisce. «Mi metterò in contatto con Paige e vedrò se ha bisogno di qualcosa.»

Paige è la madre di Nova e mia zia. Siamo cresciuti nella stessa casa, sotto lo stesso tetto. Una grande famiglia non proprio felice.

«È bello vederti. Come va la scuola?» chiede mamma. Aspetta un attimo prima che Dante rientri in casa. «Sono venuta questa settimana a vedere i Narwhals.»

«Non l'hai fatto,» dico, mentre lo stomaco mi sprofonda. Mi ha visto giocare da schifo. Meraviglioso. «C'era Dante?»

«Tuo padre non è potuto venire,» dice mamma. «Aveva altre questioni urgenti da sbrigare. Sai, detesto davvero che tu lo chiami così.»

«È il suo nome, no?» faccio notare.

Mamma annuisce e scuote la testa, sconfitta. «Sì, vorrei solo che voi due andaste d'accordo.»

«Forse se non fosse un assassino...» Non dico altro perché vedo Harper risalire lungo vialetto in un vestito rosso brillante. «Se vuoi scusarmi,» dico e la supero, senza finire la nostra conversazione.

«Luca,» mi chiama mamma, ma la ignoro mentre mi affretto a raggiungere Harper prima che arrivi all'ingresso principale e rischi di imbattersi in Dante.

Corro attraverso il prato, assicurandomi di raggiungerla. Il freddo pungente è sorprendentemente piacevole. «Harper!»

I suoi occhi si spalancano, e un debole sorriso le affiora sulle labbra. Sta portando una busta regalo in una mano e una piccola borsa da notte sulla spalla. «Lascia che ti aiuti,» dico, prendendo il più pesante dei due oggetti, appendendo la borsa al braccio.

«Grazie. Non mi aspettavo di vederti qui stasera,» dice Harper. «Pensavo che avresti avuto allenamento o qualcosa del genere.»

Sussulto, chiedendomi se si riferisca alla partita di merda che abbiamo giocato la settimana scorsa.

«Non mi perderei la festa di compleanno di Nova.»

«Anche se ha detto che è un pigiama party solo per ragazze e i ragazzi non sono ammessi?» replica Harper. Sta sorridendo, e immagino che mi stia prendendo in giro.

«Beh, siamo come una famiglia, e questa è stata la mia casa di infanzia.» Indico il complesso, che assomiglia a una villa. Non ho ancora messo piede all'interno e sto aspettando fino all'ultimo momento possibile per entrarci. Forse posso convincere le ragazze a campeggiare fuori stanotte, e posso sorvegliare la loro tenda, per essere certo che siano al sicuro.

«Wow,» dice Harper, osservando tutto. «È splendida. Cosa fa la tua famiglia per vivere?»

La domanda da un milione di dollari.

«Meglio non chiedere queste cose qui intorno,» sussurro, dandole una leggera spinta mentre la guido verso il cortile sul retro.

Lei sospira, e i suoi tacchi affondano nell'erba soffice. Le prendo il gomito, tenendola stabile. Le sue gambe sono nude, il vestito appena sopra le ginocchia. Deve essere congelata. Non si è nemmeno preoccupata di abbottonare il cappotto. «Non sapevi che la festa sarebbe stata all'aperto, vero?»

«Nova non l'ha menzionato,» dice Harper. «Probabilmente avrei dovuto chiedere. Sono un po' troppo elegante per un pigiama party, ma vengo da...»

«Un appuntamento galante?» azzardo, sperando di sbagliarmi di grosso.

Harper scuote la testa e sorride. «Un colloquio di lavoro per uno stage per il prossimo semestre.»

E si è messa *quell'*outfit? È sexy, mozzafiato, e la fa sembrare uno schianto, e sì, potrebbe anche essere considerato professionale. Non è esattamente luccicante né mostra troppa scollatura. È solo così rosso che per me urla *sexy e provocante*, ma in realtà tutto ciò che indossa le sta bene.

Inoltre, non l'avevo mai vista in abito prima d'oggi, e più la guardo, più mi sento come un toro pronto a caricare.

Il mio cazzo nota sicuramente ogni curva del suo corpo sensuale.

«Ho portato un pigiama per stanotte per cambiarmi, ma ho dimenticato di preparare un altro cambio a meno che non indossi già ora i vestiti di domani...» la sua voce si spegne mentre si rende conto del suo errore.

«Puoi prendere qualcosa di mio» offro.

Gli occhi di Harper si illuminano di sollievo. «Sei sicuro?»

«Non c'è problema. Ho un borsone sul retro. Prendi quello che ti serve.» Non ho portato esattamente vestiti extra, ma me la caverò con quello che ho.

«Grazie.»

«Vieni, ti accompagno dentro e ti mostro dove puoi cambiarti» dico. Anche se non volevo mettere piede in casa, sapevo che era inevitabile. E preferisco tenere d'occhio Harper, proteggerla, piuttosto che lasciare che le accada qualcosa. Non che sospetti che mio padre le metterebbe mai un dito addosso.

Non è quel tipo di mostro.

Lui ordina gli omicidi e lascia che altri uomini facciano il lavoro sporco.

Prendo la mia borsa dal portico posteriore e conduco Harper all'interno. «Nova è già qui?» chiede Harper, ancora con il regalo di compleanno tra le mani.

«Non ancora» dico scuotendo la testa. «Non l'ho vista, ma sono sicuro che arriverà presto.»

«Sono un po' in anticipo. Il colloquio è finito prima di quanto pensassi, poi ho preso il treno precedente e, sinceramente, speravo solo di potermi sedere e rilassare per qualche minuto prima che arrivassero tutti i suoi amici. A volte mi innervosisco con le persone nuove.»

Non sapevo che Harper soffrisse d'ansia. È per questo che non viene mai alle feste che organizziamo?

«Beh, ci sono io» le offro mentre la conduco dentro. «E io non sono nuovo.» Le tengo la porta e, una volta entrata, la chiudo e la guido lungo il corridoio, superando la prima porta a sinistra fino alla seconda, che è il bagno degli ospiti.

Le offro tutto il mio guardaroba, il mio borsone, e lo porto in bagno, posandolo sul lungo ripiano del lavandino. «Prendi quello che ti serve. Assicurati di vestirti pesante visto che staremo un po' fuori.

Ashton e io stiamo per preparare un falò per voi ragazze.»

«Oh, sembra perfetto» dice Harper con un sorriso mentre apre la zip della mia borsa e trova la scatola di preservativi in cima. «Avevi qualche programma in mente?» mi chiede in modo diretto, inclinando la testa mentre mi guarda.

«Meglio prevenire che curare.» Rido ed esco dal bagno, lasciandola a frugare nella mia borsa mentre attendo nel corridoio che finisca di cambiarsi.

Mi appoggio al muro, rimproverandomi mentalmente per aver portato l'intera scatola di preservativi da casa. Uno o due sarebbero stati sufficienti, visto che non è successo nulla tra me e Harper.

Sì, ho desiderato che accadesse. Ogni volta che guardo nei suoi occhi, sento il suo dolce profumo o la sfioro accidentalmente, ho pensieri lascivi di lei nuda e fremente tra le lenzuola. Ho mantenuto un ritmo lento perché so che è ciò di cui ha bisogno, ma è straziante e mi sta lacerando dentro, con il desiderio che cresce come un vulcano pronto a eruttare.

E giuro che anche lei lo sente.

«Luca» dice Moreno mentre passa, portando con sé un fascio di carte. «È bello vederti a casa per la festa di compleanno di Nova.»

«Non me la sarei persa per nulla al mondo» dico, sfoggiando un sorriso forzato. Anche se adoro Nova, se non fosse stato per l'arrivo di Harper, non sarei qui.

L'anno scorso, Nova e io abbiamo festeggiato il suo compleanno al lago. Le ho comprato un nuovo paio di pattini da ghiaccio e siamo andati a pattinare. È stato un bel regalo e un modo semplice per stare lontano da casa. Quest'anno non sono stato così fortunato.

«Dante sarà contento di vederti» dice Moreno, e i suoi occhi si increspano un po', come se stesse realizzando che potrebbe non credere nemmeno lui alle sue parole.

«Sappiamo entrambi che non è esattamente vero.»

«Tiene a te, a modo suo» dice lui.

Deve difendere Dante. Dopotutto, lavora per lui, è il

suo secondo in comando e farebbe qualsiasi cosa per proteggere il don.

«Sappiamo entrambi che non sono stato altro che una delusione per lui.» Non fingo altrimenti. Sarebbe sciocco pensare che Dante mi ami. Ama mia madre, anche se non capirò mai come un uomo così freddo possa amare qualcuno. Incrocio le braccia sul petto, appoggiandomi di nuovo al muro.

La porta del bagno si apre e Moreno guarda verso la porta aperta che rivela Harper. Indossa la mia felpa dell'Università Evergreen, che le sta grande ma sembra assolutamente peccaminosa, e i miei pantaloni della tuta che avevo previsto di indossare qui per dormire. Di solito dormo in boxer o completamente nudo, il che potrebbe finire per succedere comunque.

«E chi è questa giovane signorina?» chiede Moreno, alzando un sopracciglio curioso verso la strana bionda e poi verso di me.

«Sono Harper» dice lei, porgendo la mano per presentarsi.

«È la mia ragazza» dico, avvicinandomi protettivamente a Harper. Anche se non penso che

Moreno le farebbe del male, non voglio correre rischi. So anche che i genitori di Nova non sono a conoscenza che lei ha passato un po' di tempo all'università con noi, e sto cercando di evitarle ulteriori problemi.

Harper intercetta il mio sguardo e mi rivolge un'occhiata perplessa. «Sì,» dice senza aggiungere altro. Mi restituisce la borsa con i vestiti. «Grazie,» dice, fissandomi, e si avvicina, stampandomi un dolce bacio sulla guancia.

Se sta interpretando il ruolo della devota fidanzata finta, allora potrei decisamente abituarmi a questo scenario.

La porta sul retro si spalanca, e mamma entra ancheggiando con Nova alle spalle.

«Nova!» dice Moreno, felice di vedere sua figlia. «Sei arrivata tardi. Hai già ospiti per la tua festa.»

«Non siamo proprio ospiti,» dico, «solo io e la mia fidanzata.» Afferro la mano di Harper prima che possa ripensarci e intreccio le nostre dita.

Nova inclina leggermente la testa, con un'espressione confusa sul viso, e non sono sicuro se abbia ben compreso il gioco che stiamo interpretando per il suo bene.

«Tesoro, non mi avevi detto che stavi frequentando qualcuno,» dice mamma, con gli occhi spalancati dall'eccitazione mentre attraversa velocemente il corridoio verso Harper.

Vorrei scusarmi con Harper, ma le parole non escono e, invece, mamma afferra Harper e la stringe in un abbraccio, staccando le nostre mani. Il borsone tra noi cade a terra in un mucchio, che è più o meno come mi sento io, un po' confuso. E tutto questo è interamente colpa mia.

Nova si avvicina a me con un'occhiata che dice *che diavolo stai combinando? È una cosa seria?*

Mi affretto verso Nova, abbracciandola. «È passato tanto tempo,» dico e le sussurro all'orecchio: «Sto cercando di proteggerti dato che non sanno che ci sei venuta a trovare.»

«Grazie,» sussurra Nova.

«Ti abbiamo portato un regalo,» dico e indico con un cenno il pacchetto che Harper sta tenendo.

Harper mi fulmina con lo sguardo mentre consegna la borsa regalo a Nova. «Non hai aiutato minimamente con questo regalo,» la mia finta fidanzata mi tradisce. «Ti ho chiesto cosa dovessi prenderle, e mi hai ignorata.»

«Sembra proprio tipico di mio figlio,» dice mamma. «Venite in cucina. Prendiamo della cioccolata calda.»

«Mamma, Ashton è fuori, e dovremmo accendere presto il falò.»

«Falò?» chiede Nova, guardandomi confusa.

«Sì, so che volevi un pigiama party, continuavi a mandarmi messaggi dicendo che volevi fare una serata tra ragazze, e ho pensato che sarebbe stato bello fare un grande falò e magari dormire sotto le stelle per il tuo compleanno.»

«Fa un po' freddo fuori per quello,» fa notare mamma, e so che ha ragione.

«Potrei correre al negozio e comprare un paio di tende per i ragazzi,» si offre Moreno.

«Non siamo bambini,» sbuffa Nova. «Ci godremo il falò e poi potremo dormire nella mia stanza. C'è un sacco di spazio per la festa. Ember e Violetta hanno già disdetto. Al momento, siamo solo noi tre.»

«Quattro,» dico.

Nova mi guarda confusa.

«Ashton è fuori,» dico.

Nova annuisce. «Oh, giusto.»

Moreno si strofina il mento. «Se le tue amiche non passano la notte qui, allora sono sicuro che questi ragazzi non vogliano dormire tutti nella tua camera. Ci assicureremo che le camere degli ospiti siano pronte per stasera.»

«Non è necessario,» dico.

«Dove hai intenzione di dormire?» chiede mamma.

«Dopo il falò, avevamo in programma di tornare all'università e passare la notte a casa,» dico.

«Sciocchezze,» dice mamma. «Questa è casa tua.»

Moreno si schiarisce la gola. «Allora perché tu e Ashton avete portato entrambi dei borsoni?» Il suo sguardo mi ricorda che il suo lavoro è stato interrogare diversi uomini, mettendo la loro vita in gioco.

«Ci piacerebbe restare,» dice Harper, dissipando la tensione con un sorriso. Mi cinge la vita con un braccio, tirandomi contro di lei. «Non è vero, tesoro?» Alzandosi in punta di piedi, mi stampa un altro bacio casto e dolce sulla guancia.

Non ha idea di cosa stia succedendo, dell'intensità con cui sto morendo dentro ogni minuto sotto questo tetto che mi ricorda l'inferno a cui ho assistito e il sangue versato che ho visto. Ho cercato di seppellirlo, andare avanti e dimenticare le cose che ho visto da bambino nel seminterrato.

Harper non sa niente di tutto questo, perché non gliel'ho mai raccontato.

Perché dovrei?

Non stiamo insieme. Siamo amici, e quel tipo di segreto non è al sicuro con un'amica. È il tipo di segreto che può far uccidere qualcuno.

Mamma ci osserva, con un sorriso caloroso sul viso. Non ne sono sicuro, ma sembra che stia credendo alla recita della fidanzata.

Moreno, invece, sembra un po' più sospettoso, probabilmente perché è il suo lavoro. È sospettoso di tutti.

———

Seduti attorno al falò fuori sulle sedie da giardino, Harper è accanto a me. È chinata in avanti sulla sedia, arrostendo un marshmallow per fare gli s'mores. Vorrei tirarla sulle mie ginocchia, farla sedere con me, ma siamo solo noi quattro fuori, e dubito che lei si sentirebbe a suo agio a interpretare la *finta fidanzata* all'aperto.

«Mi dispiace che le tue altre amiche non siano venute,» dice Harper. «Ma io sono qui, e sono disposta a fare qualsiasi cosa pazza da pigiama party tu voglia fare. Capelli. Unghie...»

«Guerra di cuscini,» dice Ashton con un ghigno.

«Ti lancerò un cuscino in faccia,» dice Nova e gli fa una linguaccia. «I ragazzi sono sempre così pervertiti!»

«Non tutti i ragazzi,» dico. «Solo quelli della squadra di hockey, quindi stai alla larga da tutti loro.»

Nova alza gli occhi al cielo. «Lo so. Hai chiarito bene di non uscire con nessuno della tua squadra, i tuoi coinquilini, nessuno che conosci. Beh, indovina un po'? Il prossimo semestre, sarò all'Evergreen con te.»

Gemo: il solo pensiero che lei cerchi di andare a letto con qualcuno mi fa accapponare la pelle. «Fammi un favore e conservati per il matrimonio.»

Harper ride. «Certo, perché è quello che hai fatto tu. Siete tutti uguali, che ipocriti.»

Accigliandomi, mi sposto sulla sedia, girandomi verso Harper. «Perché pensi questo?»

«Oh, come se non ti fossi fatto tutte le ragazze della Evergreen?» Mi sta fissando, aspettando che la contraddica, e la cosa è che ha ragione.

Sono andato a letto con un sacco di ragazze, nessuna di recente, dato che ho messo gli occhi su Harper, ma al primo anno, mi sono sicuramente divertito parecchio.

«Non tutte,» ribatto, fissandola. «Ne conosco una che mi piacerebbe scopare.»

Mi fulmina con lo sguardo e senza cerimonie immerge il suo marshmallow nel fuoco. «Accidenti,» impreca mentre cade tra le fiamme. Tira fuori dal fuoco il bastoncino vuoto, puntandomelo contro.

«Distratta?» Rido ma mi sporgo all'indietro, attento a non farmi infilzare dal bastoncino rovente.

«Allora, state davvero insieme o cosa?» chiede Nova, prendendo un altro marshmallow dalla confezione. Aiuta Harper a metterlo sul bastoncino, cosa che sarei stato felice di fare io se lei non mi stesse puntando contro quel pezzo di ferro incandescente.

«Grazie,» dice Harper, arrostendo il suo secondo marshmallow della serata.

Meno male che c'è un'intera confezione nuova di marshmallow giganti, perché ho la sensazione che ne consumeremo parecchi questa sera.

Nova prende un marshmallow per sé e si infila l'intera leccornia non arrostita in bocca. Quella ragazza non ha pazienza.

«Non li arrostisci prima?» chiede Ashton, alzando un sopracciglio verso Nova.

Nova si stringe nelle spalle. «Potrei, ma ci vuole troppo tempo.»

Ashton scuote la testa, si alza e prende un altro bastoncino. Infila tre marshmallow sul bastoncino prima di posizionarlo appena sopra il fuoco. «Quanto tostati li preferisci?»

«Non bruciati,» dice Nova. «Non fare come Harper e non dargli fuoco.»

«Mi sono distratta,» dice Harper sulla difensiva.

«Il che ci riporta alla domanda, voi due state insieme?» chiede Nova, guardando prima Harper e poi me.

«Non puoi davvero uscire con un ragazzo se lui accompagna a casa la tua coinquilina e la bacia fuori dalla porta della tua stanza,» dice Harper.

La mia mascella si irrigidisce. Merda. È ancora arrabbiata per quello? Pensavo avessimo superato quello che è successo l'altra sera.

Gli occhi di Ashton si spalancano. «Non mi hai detto che hai baciato Quinn.»

«Quinn, okay,» dice Nova, ripetendo il suo nome, «e tu la conoscevi?» Sta fissando Ashton, confusa.

«Ero in macchina ad aspettare che l'idiota mi portasse a casa.»

«Scommetto che non mi chiederai più un passaggio dopo una partita,» dico. Non voleva essere cattivo, ma è sicuramente venuto fuori così. Sono incazzato che Harper abbia tirato fuori Quinn, e ancora più arrabbiato che Ashton abbia dovuto continuare la conversazione invece di essere un amico e aiutare a difendere quello che è successo. Lui era lì dopo la partita. L'ha vista fuori al freddo. Avrei dovuto lasciarla congelare a morte?

«Per favore non litigate nel giorno del mio compleanno,» dice Nova, fissandomi, dandomi quello sguardo che potrebbe spezzare i cuori.

«Non sto litigando,» dico.

«Mi avresti ingannato,» commenta Ashton. «Quindi, voi due non state insieme?» Guarda da Harper a me, e giuro che c'è un luccichio nei suoi occhi, come se si sentisse speranzoso.

Mi alzo, pronto a difendere il fatto che Harper è *mia*. Anche se non stiamo insieme, non c'è alcuna possibilità che Ashton le metta le mani addosso.

«Siediti,» mi ringhia Harper, e giuro che posso vedere del vapore emanare da lei.

O forse è il fuoco che ondeggia nella sua direzione. Potrebbe essere un po' di entrambi, in effetti.

«Stiamo prendendo le cose con un ritmo glaciale,»

dice Harper, con un tono molto più calmo del suo scatto di secondi prima.

«Questo è dirlo in modo gentile,» dico. Anche se ha ragione, glaciale sembra proprio descrivere il nostro stile di frequentazione, se così si può chiamare. Ci siamo baciati, ed è stato tutto quello che potevo immaginare, ma molto meglio. E ne voglio di più. So che anche lei lo vuole, quindi cosa la trattiene?

«Forse se non avessi baciato Quinn, non sarebbe così glaciale,» dice Nova in modo diretto.

Non posso credere che Nova stia difendendo Harper invece di me. Dovrebbe sapere che non ho portato in giro Quinn o chiunque altra questo semestre. Lei viene abbastanza spesso da vedere che l'unica ragazza con cui sto è Harper.

«Sto solo proteggendo il mio cuore,» sussurra Harper, ma la sento, e sono abbastanza sicuro che tutti intorno al falò abbiano colto il suo sussurro insieme al vento.

«Luca non ti farà del male,» dice Nova, con voce altrettanto dolce, «e se lo farà, lo ucciderò io stessa per te.»

La mia sorellina mi fulmina con lo sguardo.

«Messaggio ricevuto,» dico ed esalo un profondo sospiro.

«Ehi, fidanzato,» scherza Harper, passandomi il bastoncino caldo sospeso sul fuoco con il marshmallow che si arrostisce lentamente. «Tua madre ha accennato alla cioccolata calda. Pensi che potrei entrare in casa e prepararne un po'?» Si alza, stiracchiando le gambe mentre prendo da lei il bastoncino di metallo che stava tenendo e continuo ad arrostire il suo marshmallow.

Non voglio davvero che vada in casa da sola.

«Può aspettare fino a quando questo sarà pronto?» chiedo, facendo cenno verso il marshmallow. «Ci vorrà solo un altro minuto. Poi entrerò in casa con te, e potremo preparare la cioccolata calda insieme.»

«Che romantico,» scherza Nova, «ma lei è mia amica e io preparerò la cioccolata calda con lei.» Si alza e fa cenno a Harper di seguirla in casa.

«Mangerò il tuo marshmallow se si cuoce prima,» la minaccio scherzosamente.

Harper scrolla le spalle. «Ce ne sono altri. Ho visto il sacchetto enorme. Non sono preoccupata.» Segue

Nova all'interno, e io trattengo momentaneamente il respiro, osservandole entrare nella villa.

«Tutto bene?» chiede Ashton. Siamo rimasti solo noi due fuori, anche se non siamo mai veramente soli. Ci sono telecamere in tutta la casa, dentro e fuori.

«Certo,» rispondo, mentendo ad Ashton. Non posso spiegarglielo; non capirebbe. Sì, suo padre è nella mafia, ma lui parla di seguire le sue orme quando finirà gli studi, lavorando per l'azienda di famiglia. È per questo che va all'università, con una specializzazione in Criminologia e un'altra in Contabilità Forense. A me sembra tutto maledettamente noioso.

Meno di due minuti dopo, sento le ragazze chiacchierare e mi giro a guardarle mentre si avvicinano. «È stato strano,» dice Nova.

«È sempre così?» chiede Harper, con la fronte corrugata mentre tornano verso il fuoco. Harper si siede nuovamente accanto a me, tendendo la mano per riprendere il bastoncino, su cui ora c'è un marshmallow perfettamente arrostito che l'aspetta.

Tranne che decido di fare un po' lo stronzo e stacco il marshmallow, portandolo alle mie labbra.

«Ehi! Quello è mio!» I suoi occhi si spalancano inorriditi.

«Ti avevo detto che se lo avessi lasciato con me, l'avrei mangiato.» Mi ficco il dolcetto appiccicoso in bocca prima che possa strapparmelo.

Gli occhi di Harper si stringono e lei sale sulla mia sedia, mettendosi a cavalcioni su di me.

Sorpreso dai suoi movimenti, la mia mano si agita col bastoncino caldo, lasciandolo cadere a terra. Tanto non ne ho più bisogno. La mano che teneva il marshmallow viene strappata dalle mie labbra mentre lei cerca di afferrare il dolcetto soffice, ma è troppo tardi. È già nella mia bocca.

«Quello è il *mio* marshmallow,» sibila Harper, e la sua lingua guizza fuori, assaggiando la sostanza gommosa all'angolo delle mie labbra prima di azzerare la distanza.

La mia bocca è completamente piena di marshmallow caldo e appiccicoso, e lei mi graffia come una bestia pronta a prendere la sua preda.

Dannazione, se avessi saputo che aveva una cosa per i marshmallow arrostiti, l'avrei stuzzicata con quelli molto prima.

La sua bocca accarezza la mia, la sua lingua forza le mie labbra ad aprirsi mentre cerca di rubare un assaggio. Il bacio non è dolce e tenero. È ruvido e alimentato dalla determinazione. Vuole ciò che è mio.

Le afferro i fianchi con le mani, tirandola più vicina e più stretta contro di me. Ha la minima idea di quello che mi fa?

«Nessuno entra finché io o Moreno non vi diciamo che è ora. È chiaro?» La voce di Dante riecheggia alle mie spalle.

Harper si tira immediatamente indietro, ma resta sul mio grembo, le mie mani la intrappolano contro di me.

Quando diavolo è uscito fuori?

«Lo sappiamo,» dice Nova con un sospiro esasperato. «Ci hai già cacciate quando stavamo preparando la cioccolata calda.» C'è un tono un po' seccato nel suo atteggiamento, e non posso biasimarla.

Io sono sempre seccato con Dante.

C'è solo una ragione per cui Dante ci terrebbe fuori

dalla casa, ed è perché dentro si stanno preparando guai.

«Sono venuto qui fuori per assicurarmi che il messaggio fosse chiaro per tutti,» dice.

«Capito, signore,» dice Ashton.

«Figlio?»

Mi fa male sentirlo chiamarmi *così*. Sussulto. «Sì, ti ho sentito, Dante.»

Odia quando lo chiamo così. Dante è il mio padre biologico. Non è che sia il mio patrigno, e ci sono state più volte di quante possa contare in cui mi ha rimproverato o urlato contro per non avergli dato il rispetto che merita. Mi preparo a un'altra sfuriata. Non mi ha mai fatto male fisicamente. Non ne ha bisogno perché io sappia che è un mostro.

Dante scuote la testa. «Non ho tempo per le tue buffonate,» mormora, tornando dentro la villa. La porta scorrevole di vetro sbatte con un tonfo risonante, e posso praticamente sentire le tende che vengono chiuse dall'interno, tenendo fuori tutti gli occhi indiscreti.

Harper si tira indietro, ma io mantengo le mani sui suoi fianchi, tenendola ferma. Lei solleva un sopracciglio verso di me. «Lo spettacolo della fidanzata è finito; tuo padre è tornato in casa. A proposito, hai dimenticato di menzionare che è strano.»

«Perché pensi che lo eviti come la peste?» borbotto.

«Sì, è per quello,» dice Ashton e alza gli occhi al cielo. Gli lancio un'occhiata per farlo tacere. Non ho bisogno di preoccupare Harper o farla coinvolgere più di quanto non lo sia già. Il fatto che Dante sia uscito per dirci di restare fuori dalla casa mi dice tutto quello che devo sapere.

Stanno portando dentro qualcuno per un interrogatorio.

Il mio stomaco si rivolta al solo pensiero della povera anima che ha tradito la famiglia Ricci. Spero che non sia un padre o sposato. Se sono fortunati, forse nessuno noterà o si preoccuperà della loro scomparsa.

È improbabile che, chiunque sia, farà ritorno a casa.

Moreno e Dante non prendono prigionieri per divertimento. Interrogano perché hanno bisogno di informazioni, e quando quelle informazioni vengono ottenute, quegli uomini non hanno più alcuna utilità per loro.

«Non posso credere che ci abbiano cacciato di casa durante la mia stessa festa di compleanno,» dice Nova, gemendo a bassa voce.

«Forse ti stanno preparando una torta di compleanno e non vogliono rovinare la sorpresa facendotela vedere prima che sia pronta?» scherza Harper.

Le metto una ciocca di capelli dietro l'orecchio, accarezzandole la guancia col pollice. «È dolce da parte tua,» sussurro, *ma completamente ingenuo.*

Harper sorride e scrolla le spalle. «Sono contenta che mi abbia dato la tua felpa. Fa un freddo glaciale qui fuori!»

«Conosco diversi modi per farti riscaldare,» dico in modo suggestivo.

Mi dà uno schiaffo sul braccio e scende dalla mia sedia, afferrando il bastoncino per aggiungere un altro marshmallow da arrostire. Harper si risiede sulla sua sedia, avvicinandola leggermente al fuoco per scaldarsi.

Mi alzo, prendo alcuni ceppi di legno e li lancio con attenzione nel fuoco per mantenerlo vivo. Fa piuttosto freddo fuori. Per fortuna, ero già vestito pesantemente prima di arrivare alla tenuta.

Ashton si schiarisce la gola, guardando prima Harper e poi me. «Quindi quella piccola scenetta del marshmallow di prima, era completamente una recita per suo padre?» chiede.

È certamente una domanda che mi sta frullando in testa al momento. Devo dare merito ad Ashton per averla sollevata.

«Hai detto che ero la tua ragazza,» mi sorride Harper. «Stavo solo interpretando il ruolo.»

Nova sbuffa, ridendo. «Certo, continua a raccontartela, Harper.»

Gli occhi di Harper si socchiudono. «Pensavo fossi dalla mia parte, *amica*.»

La mia sorellina alza le braccia al cielo. «Tregua. Non costringermi a scegliere da che parte stare. È il *mio* compleanno, ricordi?»

«Va bene.» Harper ride. «Aprirai il tuo regalo di

compleanno?» Indica la busta regalo ai piedi di Nova.

«Oh, certo! Di solito lo facciamo dopo la torta, ma chissà quando avremo il dessert.» Nova prende la busta regalo e se la mette in grembo. Prende prima il biglietto e lo apre. È diventato buio fuori, quindi afferra il telefono e accende la torcia per riuscire a leggere il biglietto. «Carino.»

«Lo condividerai con il gruppo?» chiede Ashton, aspettando che lei passi il biglietto perché tutti possano leggerlo.

Nova ride. «No! Quando sarà il tuo compleanno, potrai leggere il tuo biglietto.» Le sue mani frugano nella borsa, tirando fuori un adorabile peluche a forma di narvalo, e non posso fare a meno di chiedermi se l'abbia scelto perché è la mascotte della mia squadra.

Il mio cuore si riempie di orgoglio.

«Oh mio Dio! Non è adorabile?» Nova squittisce e lo porta al viso strofinando il naso contro il suo corno. «Non vedo l'ora di iniziare lì il prossimo semestre!»

«C'è anche una gift card lì dentro,» dice Harper, indicando la borsa.

Gli occhi di Nova si illuminano ancora di più e lei cerca a tentoni, trovandola e guardandola con la torcia. «Oh, libreria! Sì! Ci andiamo domani mattina come prima cosa, così posso prendere un libro nuovo.»

La sua eccitazione è contagiosa.

«Okay,» dice Harper e sorride. «Sembra divertente.»

«Cosa mi hai preso tu?» chiede Nova, girandosi verso di me.

«Probabilmente ti ha portato del bucato sporco,» scherza Ashton, e si alza in piedi. «Il mio regalo è nella mia borsa. Datemi un secondo per prenderlo.» Si dirige verso la casa, ma le sue borse sono ancora fuori sul portico. Fruga dentro e, un minuto dopo, ritorna con una scatola incartata.

Merda.

Mi strofino il collo imbarazzato.

Non ho avuto tempo di prendere un regalo a Nova, e non perché non volessi, ma tra la scuola e gli allenamenti di hockey, non sono praticamente mai uscito dal campus. Se avessi pensato in anticipo, avrei potuto ordinarle un regalo... ma ultimamente non è stata il mio primo pensiero.

Penserò a qualcosa prima che finisca la serata. Posso sempre chiedere a Moreno di passare dal negozio e comprarlo se gli do i contanti. Non sarebbe la prima volta che fa una commissione per un regalo dell'ultimo minuto.

Gli occhi di Nova si illuminano mentre Ashton porta una scatola abbastanza piccola da stare nel suo zaino, ma non così minuscola da contenere gioielli.

Grazie al cielo.

Avrei avuto un attacco se le avesse comprato un gioiello.

È un regalo troppo intimo da fare a Nova.

Ashton consegna il regalo incartato a Nova. «Buon compleanno,» le dice sorridendo.

I suoi occhi si increspano mentre prende il regalo e se lo avvicina all'orecchio, scuotendolo delicatamente. «Non è un cucciolo.»

Ashton ride e getta la testa all'indietro. «Decisamente non è un animale.»

«Hai intenzione di aprirlo, o ci tieni tutti sulle spine?» chiedo.

Nova mi lancia un'occhiata strana e poi scuote la testa, scacciando qualunque pensiero le sia passato per la mente. Non dice nulla, strappa semplicemente la carta da regalo rivelando una scatola marrone.

Solleva un sopracciglio incuriosita e apre la scatola, tirando fuori una palette di ombretti e un profumo. «Oh mio Dio. È stupenda!» Squittisce di gioia e poi apre la confezione del profumo, togliendolo dall'imballaggio per annusare il flacone. «Grazie, Ashton!» La sua eccitazione trabocca di felicità.

«Le hai comprato del trucco,» dico, non sapendo bene cosa pensare del regalo che le ha fatto.

«Lo adoro!» dice Nova entusiasta.

«Non sapevo che ti truccassi.» La guardo sorpreso.

«C'è molto che non sai,» dice Nova e alza le spalle. «Sei sempre con la tua *finta fidanzata*.»

«Studiamo sempre insieme,» dice Harper. Stacca con cura il marshmallow dal bastoncino e ne prende un morso, chiudendo gli occhi in perfetta beatitudine.

È sexy da morire.

Ci vuole tutto il mio autocontrollo per non avvicinarmi e catturare la sua bocca con la mia, baciarla, assaporarla, divorare quel marshmallow insieme a lei.

Cazzo.

Quando mi sono innamorato così tanto di Harper McKenna?

«Mi stai fissando,» mormora Harper, con il marshmallow in bocca mentre incrocia il mio sguardo su di lei.

NOVE

HARPER

«Quando posso aprire il mio regalo da parte tua?» chiede Nova, lo sguardo intenso mentre aspetta che Luca le consegni il suo presente.

Ho la netta impressione che non le abbia portato alcun regalo, cosa che mi sembra piuttosto strana per Luca. Forse lo ha lasciato a casa ed è imbarazzato per non averlo con sé?

«Più tardi» dice lui con un sorrisetto.

Nova geme e alza gli occhi al cielo. Una mossa tipicamente adolescenziale. «Come vuoi. Non eri nemmeno invitato alla mia festa di compleanno. Doveva essere solo per ragazze. Ricordi?»

«Penso sia bello che Luca e Ashton abbiano deciso di unirsi a noi» intervengo, cercando di allentare la tensione crescente. Non le faccio notare che le sue amiche hanno dato forfait all'ultimo minuto, e altrimenti saremmo state solo noi due se i ragazzi non avessero deciso di venire e fermarsi per la notte.

E poi, il falò è stato un bel suggerimento.

Mi stiracchio sulla sedia da giardino, sentendo il bisogno di muovermi. Le gambe mi fanno male e il sedere è indolenzito e un po' intorpidito per essere rimasta seduta così a lungo. Potrebbe anche essere il freddo che mi sta dando fastidio. Non amo l'inverno.

Tengo le mani nascoste nella felpa che indosso. Ha distintamente l'odore di Luca, e cerco di non inspirare profondamente, altrimenti probabilmente se ne accorgerebbe e mi prenderebbe in giro per quella stranezza.

Profuma di lui, però, e odio ammettere che mi piace, molto.

«Tutto bene?» chiede Luca, alzando lo sguardo verso di me mentre mi muovo inquieta sopra di lui, spostando i piedi.

È seduto sulla sedia da giardino, godendosi il calore del fuoco.

«Sì, è solo che devo andare in bagno. Pensi che si arrabbieranno se entro in casa? Voglio dire, se stanno preparando una sorpresa per Nova, è lei quella che vogliono tenere fuori casa.»

Luca si schiarisce la gola, i suoi occhi si spalancano e si alza. «Non puoi semplicemente fare irruzione in casa.»

Non capisco quale sia il problema. Prima ci eravamo stati senza problemi. «Devo fare pipì. O la faccio qui fuori o dentro.»

Ashton e Luca si scambiano un'occhiata.

«Che c'è?» chiedo, guardando tra loro. Cosa non mi stanno dicendo?

«Va bene, ti accompagno dentro» dice Luca e mi prende per il braccio, guidandomi verso la casa.

«Posso trovare il bagno da sola» dico, senza capire il perché di tanta teatralità. Luca mi accompagna fino al portico sul retro mentre ci avviciniamo alla porta.

«Sì, beh, ci hanno chiesto di non entrare finché non fossero stati pronti per noi» mi ricorda. Bussa alla porta di vetro e poi la apre lentamente quando un uomo appare dall'altra parte della tenda chiusa.

Non riconosco il signore, ma è alto, un po' robusto e calvo. Indossa pantaloni neri e, quando apre di più la porta, mi rendo conto che porta un completo.

Luca si sporge, sussurra qualcosa al signore, e lui mi guarda.

L'uomo non è vestito proprio come un maggiordomo, ma non riesco a capire perché questo tizio sia in piedi alla porta sul retro, vestito con un completo nero, sembrando più una guardia del corpo che altro.

«Devo fare pipì» dico, interrompendo qualunque scambio stia avvenendo sottovoce tra Luca e il misterioso uomo alla porta sul retro. «Puoi farmi entrare, o preferisci che vada a farla sul prato come un animale?»

Sto scherzando, ma l'uomo non ride, e Luca, lo giuro, si sforza di sorridere.

«Sta scherzando. Ma ha davvero bisogno di usare il bagno.»

La guardia del corpo si schiarisce la gola, guarda oltre la sua spalla e borbotta: «Fate in fretta. Tuo padre mi taglierà la testa se ti vede dentro.»

Il misterioso uomo apre di più la porta sul retro, concedendoci l'ingresso.

Luca mi afferra per il braccio e mi trascina velocemente lungo il corridoio. Sta praticamente correndo verso il bagno.

«Rallenta,» lo rimprovero. «Non sto davvero per farmela addosso.» Devo andare, è vero, ma posso camminare fino al bagno come una persona normale. Non ho bisogno di correre come una bambina che sta imparando a usare il vasino.

Luca non dice nulla, si limita ad accompagnarmi al bagno sulla sinistra, apre la porta, accende la luce e la ventola e praticamente mi spinge dentro. «Fa' in fretta,» si corregge.

«Va bene. Farò pipì velocemente, solo per te.»

Chiudo la porta del bagno e faccio i miei bisogni, sollevata quando finalmente posso sedermi su un water. E per giunta è un water caldo. Il sanitario ha addirittura una funzione riscaldante.

«Elegante,» mormoro, finendo e lavandomi le mani. Do un'occhiata al mio riflesso nello specchio.

Le mie guance sono rosee per il freddo, e anche il mio naso. «Sembro Rudolph,» mormoro, chiudendo il rubinetto e asciugandomi le mani.

Sblocco la porta del bagno e la apro. «Vuoi andare tu? È bello là dentro, con tanto di sedile del water riscaldato.» Indico dietro di me.

Luca scuote bruscamente la testa. «Torniamo fuori.» Si mette al mio fianco, con la mano sulla mia parte bassa della schiena mentre inizia a guidarmi lungo il corridoio, tornando frettolosamente da dove eravamo venuti.

«Possiamo prendere della cioccolata calda, per favore?» chiedo e mi fermo vicino all'ingresso della cucina. La finestra si affaccia sul cortile sul retro, ma le persiane sono chiuse e non riesco a vedere il falò dall'interno. «Sta iniziando a fare freddo fuori. Le mie dita avrebbero proprio bisogno di una tazza calda per aiutarle a rimanere al caldo.»

«Certo,» dice e mi stampa un bacio sulla guancia. Il gesto affettuoso mi fa sentire formicolii in tutto il corpo. Mi guardo intorno e c'è solo la misteriosa guardia del corpo in piedi vicino alla porta. I suoi genitori non si vedono da nessuna parte.

«Per cosa era quello?» chiedo, guardandolo.

«Devo avere un motivo per baciarti?» chiede Luca. Mi sorride, e il mio stomaco si agita con mille farfalle tutte insieme. «Metto a scaldare l'acqua nel bollitore, e tu puoi andare a tenere compagnia a Nova fuori. Sono sicuro che sta morendo di noia, là fuori da sola con Ashton.»

Mi conduce alla porta sul retro, e la guardia del corpo apre la porta posteriore, facendomi uscire di nuovo.

«Strano,» mormoro tra me e me. Mi dirigo verso il falò, quasi inciampando sui miei stessi piedi, ma fortunatamente riesco ad aggrapparmi prima di finire con la faccia sull'erba.

Sarebbe stato imbarazzante.

«Dov'è Luca?» chiede Ashton, guardandomi.

«Sta mettendo il bollitore per fare un po' di cioccolata calda.» Mi siedo di nuovo sulla mia sedia da giardino accanto a Nova. Lei mi passa il sacchetto dei marshmallow.

«La cioccolata calda deve avere i marshmallow. Quella in casa manca dell'ingrediente migliore,» dice Nova.

––––––––

Dopo che Nova si stanca del falò e veniamo invitati in casa per la torta, Luca tira fuori un regalo avvolto alla bella e meglio in una carta da compleanno. Anche se sembra fatto con due rotoli di carta regalo diversa. È una scatola enorme, e non sono sicura di quando l'abbia portata dentro. Deve averlo fatto quando chiaramente non stavamo guardando.

«Scusa, ho finito la carta da regalo. Il rotolo del discount non era abbastanza.»

Nova ride e alza le spalle. «Pensi che mi interessi della carta da regalo? È enorme! Cos'è?»

«Aprilo,» dice Luca e si appoggia al muro della cucina.

Avrei giurato che non le avesse comprato niente, ma forse ha tenuto nascosto il regalo per tutto il tempo?

Entrambi i suoi genitori sono in cucina. Paige sta sorseggiando un bicchiere di vino, e Moreno continua a guardare il suo telefono, chiaramente distratto da qualcosa, immagino il suo lavoro. È ancora in completo. Sembra che non abbia ancora staccato dal lavoro, ed è ben oltre le dieci.

Sono alla mia terza tazza di cioccolata calda, e ancora ho voglia di cioccolato, ed è assolutamente deliziosa. Giuro che Luca ci ha messo qualcosa che mi fa venire voglia di un'altra tazza.

Nova strappa la carta da regalo dalla scatola di cartone. Apre di scatto la scatola ed estrae carta da imballaggio, guardando dentro per cercare il suo regalo. La scatola è enorme, alta fino al ginocchio e la quantità di carta continua a uscire.

«Hai dimenticato il regalo?» chiede Nova.

Luca sogghigna. «Sono due regali in uno. Una scatola per il trasloco.»

Nova aggrotta le sopracciglia. «Non capisco.»

Paige sorride, come se fosse a conoscenza della sorpresa, o forse si è solo fatta un'idea di cosa Luca le abbia regalato.

«Dato che frequenterai la Evergreen University il prossimo semestre, avrai un posto dove stare con noi. Jessie si laurea in anticipo e quando se ne andrà, avrai un posto questo inverno dove trasferirti, se vuoi vivere con noi.»

Gli occhi di Nova si spalancano, e fa un passo indietro, chiaramente sopraffatta.

«Aspetta. Vuoi che mi trasferisca nel vostro appartamento schifoso? Assolutamente no!» Il suo naso si arriccia con disgusto. «Voi ragazzi non pulite mai quel posto. Non mi trasferisco lì per fare la vostra domestica o altro. Il peggior regalo di sempre, Luca.» Alza la mano e gli fa il dito medio.

«Nova!» la rimprovera Paige.

Moreno ignora l'intero scambio, mandando messaggi sul suo telefono mentre è fisicamente presente in cucina, ma mentalmente a milioni di chilometri di distanza.

È così che sono anche i genitori di Luca? Lui sembra certamente più vicino a sua madre che a suo padre, almeno nei brevi incontri che ho visto oggi a casa loro.

«Continua a scavare. C'è una carta regalo sul fondo,» dice Luca.

Nova alza gli occhi al cielo e solleva l'intera scatola, rovesciandola, permettendo a tutto il contenuto di cadere sul pavimento della cucina e sparpagliarsi. Armeggia tra la carta, trovando finalmente una piccola busta con una carta regalo all'interno.

Strappa la busta ed emette un grido di gioia. «Santo cielo! Sono duecento dollari per una giornata alla spa!» esclama con delizia.

«Ho pensato che potresti portare la tua nuova migliore amica con te,» dice Luca, facendo un cenno verso di me.

«È stato davvero gentile da parte tua,» dico, prendendogli la mano e stringendola. Non che mi aspettassi di essere inclusa nel regalo della giornata alla spa, ma è chiaro che abbia speso parecchio per il suo compleanno. Per non parlare dell'invito a vivere con lui. Anche se non la biasimo per essere disgustata all'idea di vivere con suo fratello e i suoi compagni di squadra.

Non sono del tutto sicura che ci abbia davvero pensato bene, a meno che non sperasse di tenerla d'occhio. Ha chiarito ai suoi compagni di squadra che lei è off-limits. Ho sentito come parla Luca ed è protettivo nei confronti di Nova.

È in realtà molto dolce.

«Buon diciottesimo compleanno, Nova,» dice. «Sono davvero entusiasta che ci raggiungerai il prossimo semestre all'Evergreen.»

Lei getta le braccia attorno a Luca, chiaramente soddisfatta del suo regalo, o almeno del pacchetto spa.

Paige e Moreno sorridono e si scambiano uno sguardo. Finalmente, lui ha lasciato il telefono, almeno per il momento. «Abbiamo anche noi un regalo per te, tesoro,» dice Paige.

«Perché non vieni fuori un attimo?» dice Moreno, facendo cenno a tutti di seguirlo lungo il corridoio principale e verso l'ingresso principale.

La casa è enorme. È su tre piani e chiaramente ben tenuta. Potrebbe facilmente ospitare diverse famiglie all'interno, cosa che, a quanto pare, fa, dato che Nova e Luca sono cresciuti insieme.

Lo trovo un po' strano, soprattutto perché non sono imparentati. Almeno, questo è quello che aveva accennato Luca. Ma forse Moreno e Paige sono parenti dei suoi genitori e Nova è adottata? Cerco di farmi un'idea del loro albero genealogico ma alla fine ci rinuncio. Che senso ha? Perché dovrebbe importare? Se funziona per loro, così sia.

Ci dirigiamo verso la porta d'ingresso, e Nova la spalanca.

Moreno consegna a Nova un set di chiavi di un'auto sportiva argento a due porte. «Buon compleanno.»

«Mi avete preso una macchina!»

«Meno male che non ho dovuto darle il mio dopo *quello*,» Luca sussurra al mio orecchio.

———————

Nova è seduta di fronte a me sul pavimento della sua camera, con una serie di smalti con dozzine di scelte che vanno dal glitter al gel e tutto il resto. Ho finito di dipingere le mie dita e i miei piedi.

I ragazzi si sono sistemati sul letto sopra di noi. Afferro la gamba di Luca e tiro giù il suo calzino.

«Che cosa stai facendo, Harper?» Mi lancia un'occhiataccia perché deve già sapere cosa ho intenzione di fare.

«Ti faccio una pedicure. Rilassati» dico e sorrido a Nova. «Quale pensi sia il suo colore?» Stringo due boccette in una mano, blu e viola, mostrandole a Nova.

«Decisamente viola» dice lei con una risatina.

«Col cavolo!» ringhia Luca, e le mie dita vacillano con lo smalto. Per fortuna, entrambe le boccette sono ben chiuse.

Le mie dita rimangono saldamente avvolte intorno alla sua caviglia. «Allora, blu sia.»

«Lasciale fare» dice Ashton, indicando noi due sul pavimento. «Non è che qualcuno guarda i tuoi piedi.»

«Io guardo i miei piedi!» dice Luca, come se questa fosse una spiegazione sufficiente per fermarci.

Nova finisce l'ultima delle sue dita dei piedi e indica Ashton. «Di che colore sarà?»

Lui espira piano, e il suo sguardo esamina i colori disposti sul pavimento. «Colora le mie dita come i Narwhals.» Sorride con orgoglio.

«Turchese e bianco. Capito.» Nova prende i due

colori. «Ti dipingerò le unghie turchesi e poi aggiungerò dei tocchi di bianco.»

«Vi rendete conto che nessuno le vedrà mai?» dice Luca, fissando Nova in modo significativo.

«Lo so, ecco perché dopo ti farai una manicure» dico io.

Luca sbuffa. «Va bene, ma dovrai essere capace di scrivere Narwhals sulle mie unghie.»

Gli occhi di Nova si illuminano. «Oh, posso sicuramente farlo!»

Ashton sta sorridendo e indica me. «No, Harper deve fare le sue unghie. Tu farai le mie. Dita delle mani e dei piedi, tesoro.» Agita le dita verso Nova, cedendo al suo entusiasmo.

«Non lotterai contro di me?» Nova lo guarda sorpresa.

Ashton si stringe nelle spalle. «Nessun motivo; sono sicuro della mia mascolinità» si vanta, sogghignando a Luca.

«Stronzo.» Luca alza il dito medio contro Ashton.

Un'ora dopo, una volta messi via gli smalti, con Nova che sta sbadigliando ma lotta contro il sonno, veniamo accompagnati nelle camere degli ospiti per la notte.

Luca mi conduce alla camera degli ospiti. «Sarò proprio nella stanza accanto se hai bisogno di qualcosa» dice, indicando la sua camera.

«È la tua camera d'infanzia?» chiedo, fermandomi nel corridoio, desiderando dare un'occhiata all'interno.

«Lo è, ma non c'è davvero più niente di mio lì dentro» dice.

«Che cosa intendi?»

«Ti faccio vedere» dice e mi conduce nella sua camera da letto. Sembra fredda, anche se la temperatura è gradevole. Le pareti sono spoglie e dipinte di un color crema che rende la stanza ancora più anonima.

Non ci sono foto sulla cassettiera nell'angolo della stanza. Sul comodino c'è una sveglia digitale. La stanza sembra come se qualcuno si fosse dimenticato di decorarla.

«Questa era la tua camera?» chiedo. Non c'è traccia di Luca, a parte il suo borsone appoggiato sul materasso. Nessuna prova che abbia mai giocato a hockey. Nessun trofeo o nastro. Nessun poster. Niente che gridi che questa sia mai stata la stanza di un ragazzo adolescente.

«Come ho detto, non c'è più niente di mio qui dentro.»

È triste, e il mio cuore si spezza mentre cerco la sua mano. È quasi come se lo avessero cancellato.

Nel frattempo, la mia camera da letto a casa ha ancora le stampe incorniciate autografate da uno dei miei autori preferiti. Ho un porta gioielli appeso alla parete accanto alla porta con le mie collane, e sul mio comò ci sono anelli e orecchini ben custoditi e che mi aspettano quando torno a casa per una visita. Ci sono poster appesi alle mie pareti, con i miei artisti musicali preferiti e persino un poster di film autografato quando sono andata alla convention di fumetti locale l'estate scorsa.

Non c'è assolutamente traccia di Luca nella sua camera d'infanzia, e onestamente, questo mi rattrista.

«Hai portato via tutto quando ti sei trasferito?» chiedo. Sto cercando di dare un senso alla situazione. Lui vive in un appartamento, io sono nei dormitori. Lui ha molto più spazio, una camera tutta sua, mentre io sono costretta a condividere il mio spazio con Quinn.

«Quasi niente. Mamma ha conservato un paio di scatole con le mie cose e le ha fatte mettere in soffitta.»

Indico con la mano la stanza vuota. «È stata un'idea di Dante?» chiedo, presumendo che suo padre sia il colpevole. Stasera, ho sentito come parla di lui, *a lui*, ed è ovvio che non vadano d'accordo. Solo che non capisco perché.

Ride sottovoce. È una risata cupa, piena di rabbia e dolore. «Si potrebbe dire così.»

«Che vuoi dire?»

«Voleva cancellarmi.»

«È successo qualcosa tra voi due oppure...» le mie parole si affievoliscono. Forse non ha mai voluto un figlio.

Distoglie lo sguardo, riluttante a incrociare il mio. «Questa è una storia da non raccontare mai,» dice Luca. Dopo un attimo esala un respiro e finalmente si volta verso di me. «Meglio farti preparare per andare a dormire, nella tua stanza. A meno che tu non voglia dormire con me?»

Il respiro mi si blocca in gola.

Allungo la mano verso la sua, intrecciando le nostre dita, tirandolo più vicino a me.

C'è una tristezza, un freddo che lo avvolge, e vorrei alleviarlo completamente.

È chiaro che sta soffrendo, e non voglio che provi dolore.

«Posso dormire qui con te?» chiedo, con voce dolce, esitante. Ho quasi paura che la sua offerta fosse uno scherzo, e che mi dirà di tornare nella mia stanza per dormire stanotte.

Luca si avvicina, appoggiando la sua fronte contro la mia. Il calore del suo respiro, il suo tocco, la sensazione della sua energia che mi circonda è sufficiente a farmi sentire calda e formicolante.

Scioglie le nostre mani, solo per potermi toccare il viso. Accarezzandomi la guancia, mi guarda negli occhi, in attesa di baciarmi.

Che cosa sta aspettando?

«Credo di poterti fare spazio nel mio letto,» dice Luca con un sorriso ironico e mi stringe più vicino a sé.

Posso sentire il suo petto che si alza e si abbassa mentre mi tiene stretta. Il dorso delle sue dita mi sfiora la guancia, guardandomi come se stesse memorizzando ogni dettaglio.

«Hai intenzione di baciarmi o solo di fissarmi?» sorrido, guardandolo con aria impertinente.

«Potrei guardarti ogni mattina e ogni sera, con la stessa facilità con cui sorge e tramonta il sole.»

Lo spingo con la spalla. «Questa frase funziona con tutte le ragazze?» chiedo.

Luca sorride e alza le spalle. «Non lo so, non l'ho mai provata con nessun'altra.» Una mano rimane sulla mia guancia, il suo tocco come una scintilla di elettricità, il ronzio che vibra attraverso di me mentre accarezza la mia pelle. L'altra mano scivola fino al mio fianco, i polpastrelli delle sue dita morbidi e fermi mentre sfiora il mio fianco con il suo tocco. «Che ci creda o no, Harper, non sono il playboy che pensi.»

Il suo sguardo penetra dentro di me, e sento l'aria venirmi rubata dai polmoni.

Non so cosa dire.

«Non ho pensato a nessun'altra da quando ti ho conosciuta,» sussurra e mi dà un bacio dolce e casto all'angolo delle labbra.

Mi sporgo in avanti, il respiro pesante, le labbra che si aprono, desiderando baciarlo.

Ma sembra avere altre idee.

«Non può essere vero,» sussurro, cercando di ripensare alle ragazze che gli si avvicinano in classe e nei corridoi. Ha mai ricambiato il flirt con qualcuna di loro?

«Ti giuro che è così; persino Ashton sa che sono stato celibe quest'anno. Non ho portato nessun'altra ragazza nella mia stanza.»

Un sorriso mi attraversa il volto. «Eccetto Nova,» dico, ricordandogli di quella volta che avevano organizzato una festa in casa e li avevo sorpresi mentre scendevano insieme le scale.

«Lei non conta. È come una sorella per me, lo sai,» dice Luca e mi guarda, assicurandosi che io capisca che è stato onesto con me, e forse persino vulnerabile.

«Adesso capisco» dico arricciando il naso verso di lui. «Niente più discorsi su tua sorella stasera.»

«Per me va benissimo.» Riduce la distanza tra noi, il suo respiro si mescola al mio mentre si prende il suo tempo, baciandomi delicatamente e lentamente sul naso, sulla guancia e poi sul mento.

«Oh mio Dio, mi vuoi baciare una buona volta?» borbotto e mi alzo in punta di piedi per far scontrare la mia bocca con la sua.

Quest'uomo sa come stuzzicare una ragazza. Probabilmente ci gode, facendomi agitare, tutta ansiosa e in attesa di lui.

Ridacchia piano e si tira indietro, quanto basta per guardarmi negli occhi mentre entrambe le mani mi avvolgono i fianchi. «Dovrò insegnarti ad avere un po' di pazienza» mi rimprovera con orgoglio, prima di lasciare che le sue labbra aleggino appena sopra le mie.

Le sue dita danzano dolcemente e senza meta sui miei fianchi, sollevando leggermente la felpa che indosso, la sua, così che il suo tocco sia sulla pelle nuda.

Mi avvicino a lui, bramando di più mentre mi stuzzica senza sosta, e sembra che abbiamo appena iniziato.

«Non ho bisogno di pazienza» mormoro e mi avvicino per il colpo finale, o meglio, il bacio, in questo caso.

Si tira leggermente indietro, fuori dalla mia portata, con uno sguardo compiaciuto sul viso. Le sue mani continuano a stuzzicare i miei fianchi, tenendo la mia metà inferiore saldamente contro di lui, il suo tocco è febbricitante mentre le dita sfiorano l'elastico dei pantaloni della tuta che indosso.

«Ma io credo di sì» dice Luca con convinzione. C'è un luccichio nei suoi occhi grigi. Ma dietro quegli occhi, c'è qualcosa di più oscuro che si nasconde, più intenso, alimentato dal desiderio e dal bisogno. «Il tuo corpo mi sta implorando, ma finché le tue labbra non faranno lo stesso, non sei pronta per me.»

La mia bocca si spalanca, scioccata.

Ed è proprio quella sorpresa che fa sì che la sua bocca si posi sulla mia con un bacio ardente, la sua lingua che oltrepassa le mie labbra, e io lo tiro più vicino, più stretto, più profondamente.

Già bramo di più, ma lui sembra avere altre intenzioni mentre interrompe il bacio.

Sto ansimando in cerca d'aria, la stanza è soffocante, e mentre le sue guance hanno un leggero rossore, lui sembra altrimenti calmo, come se stesse solo iniziando la sua dolce tortura.

«Ti ho lasciata senza parole?» Mi sta prendendo in giro, e quest'uomo potrebbe facilmente uccidermi e io mi getterei volentieri nella mia stessa tomba per lui.

«Non supplicherò mai per niente» dico, stringendo gli occhi.

Per quanto Luca sia sexy, non mi vedrà mai supplicare.

Mai.

Lo faccio indietreggiare verso il materasso e lo spingo delicatamente giù sul letto. A cavalcioni sui suoi fianchi, mi arrampico sopra di lui, le mie mani sul suo petto.

«Ne sei sicura?» mi chiede, sorridendomi. Le sue mani mi stuzzicano la pelle mentre mi muovo contro di lui, e osservo come lentamente venga sopraffatto dal piacere.

Abbiamo troppi vestiti addosso, e posso sicuramente sentire la sua eccitazione che mi preme contro.

Era ora, cazzo.

Ma lui non cede alla tentazione o al piacere. Mi fissa dal basso, la schiena contro il materiale morbido mentre le sue dita stuzzicano l'orlo della mia maglietta, sollevando leggermente la felpa dell'Università prima che le sue dita calde si facciano strada verso l'alto sfiorando con i polpastrelli la curva del mio seno.

Inspiro bruscamente e sento un'ondata di calore attraversarmi.

Il suo tocco è pura elettricità, vibrante e viva.

«Sarai tu quello che supplica» dico, guardandolo dall'alto mentre i miei fianchi si muovono contro i suoi.

I suoi occhi si chiudono momentaneamente per una frazione di secondo, e osservo come tutta la sua compostezza inizi a sciogliersi.

È impossibile non sentirsi potente e soddisfatta della reazione che suscito in lui.

Scuote la testa. «Supplicherai tu» sussurra mentre mi chino e trascino la lingua sul suo collo, assaggiando la sua pelle prima di spostarmi alle sue labbra.

«Non ne sono così sicura» sorrido maliziosa e mi avvicino, assaporando, cedendo alla tentazione mentre lascio che il mio corpo si appoggi contro il suo.

I baci sono ardenti e intensi, alimentati dal fuoco mentre lui avvolge le gambe attorno ai miei fianchi e ci fa rotolare, inchiodandomi sulla schiena.

Il suo corpo mi copre solo per un breve istante prima che si allontani da me, e io gemo di disappunto.

«Non preoccuparti,» dice con un sorriso, «non vado da nessuna parte. Sei nella *mia camera*, ricordi?»

Luca si sfila la maglietta e mi guida sul materasso così che possa appoggiare la testa sul cuscino mentre lo guardo spogliarsi.

«Non mi merito uno spogliarello?» scherzo e gli faccio cenno di girarsi mentre si toglie i vestiti, così da potermi godere la vista completa.

«La prossima volta,» promette, facendo capire chiaramente che questa non è una semplice avventura di una notte.

Lascia cadere i pantaloni della tuta a terra e rimane nudo in tutto il suo splendore ai piedi del letto.

Mi metto seduta e mi giro, muovendomi a quattro zampe sul materasso, desiderando assaggiarlo e toccarlo. È assolutamente stupendo, dai suoi addominali tonici e abbronzati fino a ogni parte del suo corpo.

Luca non si nasconde da me.

Non ha alcun motivo per farlo, e adoro quanto sia a suo agio nudo. Ha anche il fisico di un atleta, scolpito alla perfezione con muscoli possenti. È davvero un'opera d'arte.

È difficile non fissarlo.

Sorride e inclina la testa con un ghigno storto. «Sei pronta a implorare?» chiede.

Credo stia scherzando, ma non ne sono del tutto sicura. Mi sollevo sulle ginocchia, avvolgendo le braccia attorno al suo collo, attirandolo contro di me, bisognosa di sentirlo, di verificare che questo sia reale e che non stia sognando.

«Credo che sarai tu a implorare,» sussurro mentre lo bacio.

Il suo corpo è caldo sotto il mio tocco, i suoi muscoli sodi mentre le mie dita percorrono il suo stomaco e scendono verso l'incrocio delle sue cosce.

Mi afferra la mano, guidandomi sulla schiena, premendo le mie mani insieme contro il materasso, intrappolandomi.

È elettrizzante, e il mio corpo si accende, infiammandosi mentre mi tiene ferma contro il letto. È nudo e caldo, e io desidero tanto sentirlo pelle contro pelle. Questa è una tortura. «Per favore,» sussurro, e un sorriso consapevole attraversa il suo volto.

«Sei così ubbidiente,» dice mentre torreggia su di me.

Fa un caldo soffocante, ma sono abbastanza sicura che il calore provenga interamente da noi due. «Ho troppi vestiti addosso.»

«Questo non è implorare.» Luca sorride e allenta la presa su di me. «Ma hai ragione. Sei vestita troppo, e credo sia ora del tuo spogliarello,» mi sussurra nell'orecchio.

Il respiro mi si blocca in gola. Le farfalle sono tornate nel mio stomaco. «Non credo di poterlo fare,» sussurro. «Che ne dici se mi spoglio e basta?»

Sorride malizioso e si allontana da me. «Prego, fai pure.» Luca mi offre una mano, aiutandomi a scendere dal materasso mentre gli rivolgo uno sguardo confuso. «Mi piacerebbe averti come spogliarellista personale.»

Quasi mi strozzo alle sue parole. «Non intendevo...» L'umiliazione si fa strada sul mio viso, sono sicura di star arrossendo perché qui dentro fa un caldo infernale.

Luca mi aiuta lentamente a togliermi i vestiti, quelli che mi ha prestato oggi per il falò. Cadono a terra, e non posso fare a meno di sentirmi inadeguata, ma queste sensazioni vengono rapidamente messe a tacere dalle sue labbra sul mio collo mentre traccia un sentiero di baci lungo il mio corpo.

«Guardati,» sussurra, scendendo sui miei seni, «e sei *mia*.» La sua voce esce roca e densa, carica di desiderio. «Non hai idea di cosa mi stai facendo.»

Mi morde delicatamente la pelle, baciando e assaggiando mentre le mie dita si intrecciano nei suoi capelli e si muovono lungo la sua schiena.

Mi solleva verso di sé, le mie gambe si avvolgono attorno alla sua vita mentre le nostre labbra si incontrano ancora una volta, questa volta alimentate da fuoco e fiamme. «Dio, ti ho desiderata così a lungo,» confessa tra i baci.

Luca mi porta sul materasso e mi guida sulla schiena. Allenta la presa su di me il tempo necessario per prendere un preservativo dalla sua borsa da viaggio. «Non sei contenta che li abbia portati?» Mi mostra il pacchetto di alluminio e lo lascia cadere sul materasso per dopo.

«Prendo la pillola, Luca, ma sì, sono contenta che stiamo attenti. Ma di nuovo, pensi davvero che avrai bisogno dell'intera scatola?»

«Cazzo, lo spero proprio.» Le sue labbra sono di nuovo sulla mia pelle, inviando calde sensazioni di formicolio in tutto il mio corpo mentre guida le mie cosce ad aprirsi, ma le sue labbra scendono lungo le mie gambe, stuzzicandomi. «Ho intenzione di memorizzare ogni centimetro di te.»

Cerco di mantenere il mio respiro e i gemiti più silenziosi possibile. Afferro un cuscino, spingendolo sul mio viso mentre la sua bocca si libra tra le mie gambe. Non so quanto siano sottili le pareti e non voglio che nessuno ci senta, specialmente la sua famiglia.

Posso sentire la sua risatina sommessa, e strappa il cuscino dal mio viso. «Occhi su di me, piccola.»

La sua voce autoritaria invia brividi attraverso il mio nucleo. Gemo, e lui sorride mentre la sua lingua stuzzica lungo le mie pieghe, non toccandomi esattamente dove lo desidero di più. Luca sa esattamente cosa sta facendo. «Ecco, questa è la mia ragazza.»

Si sta prendendo il suo dolce tempo, e le sue parole mandano il mio corpo in tilt, il calore inonda tutti i miei sensi.

«Luca,» rantolo, le mie dita che stringono le lenzuola mentre desidero di più. «Voglio sentirti dentro di me.» A questo punto non mi vergogno di supplicare.

«Hai un sapore così dannatamente buono.» La sua bocca è su di me, la sua lingua stuzzica il mio clitoride, facendomi impazzire completamente.

Le sue dita tengono fermi i miei fianchi, la sua bocca non rallenta mai mentre mantiene i movimenti costanti, il ritmo uniforme, mentre cavalco verso l'oblio.

«Voglio che tu venga per me,» Luca me lo ordina e il mio corpo obbedisce volentieri.

Le mie dita dei piedi si arricciano e i miei occhi si chiudono di colpo mentre inarco la schiena, sentendo il tremito iniziale diffondersi attraverso di me.

Ansimando per l'aria, sento il mio cuore sul punto di saltare via dal mio petto mentre il mio corpo trema sotto di lui.

«Brava ragazza,» dice Luca mentre risale sul mio corpo, recuperando il preservativo incartato che è sul letto accanto a noi.

Il mio cuore sta ancora cercando di mettersi al passo con il mio respiro. Sdraiata sul materasso, le mie dita accarezzano Luca, desiderando toccare ogni centimetro del suo corpo. «Ti voglio dentro di me,» dico, rendendo chiaro che non abbiamo ancora finito.

Le mie viscere formicolano di calore, e il mio corpo lo desidera. Non ho mai avuto un uomo che mi facesse questo... e ci riuscisse. Certo, con il mio fidanzato del liceo facevamo orale, ma non sono mai venuta davvero.

Mi sporgo verso Luca, le mie mani sulle sue guance, riportando la sua bocca su di me, bisognosa di assaporarlo. Lo desidero come si ha bisogno dell'aria per respirare, ma questo è molto più intenso. È come se stessi annegando e lui fosse la superficie dell'acqua che mi terrà in vita.

La sua bocca è di nuovo sulla mia, spingendo la sua lingua dentro, il preservativo assicurato mentre stuzzica la mia entrata con il suo membro, strofinandolo contro il mio clitoride.

Gemo, afferrando la sua spalla con le unghie. «Hai intenzione di stuzzicarmi tutta la notte?» sussurro, guardandolo.

«Solo fino a quando non potrai più sopportarlo,» dice Luca con un sorriso. «Hai le labbra perfette per baciare.» E la sua bocca è di nuovo sulla mia, affamato, prendendo ciò che desidera: *me*.

È abbastanza da farmi sentire come se il mio cuore stesse per esplodere nel petto. «Il tuo...» guardo in basso tra di noi. Non so come riuscirà ad entrare dentro di me.

È maledettamente enorme.

E sono sicura che l'abbia sentito dire da tutte le ragazze prima, ma è vero.

Mi rende nervosa da morire, perché anche se ho fatto sesso, è passato più di un anno, e non ho mai visto come quello che Luca sta mostrando. La sua erezione è abbastanza grande da spaventare una vergine.

Grazie a Dio ho perso la mia al liceo con quel pessimo sfigato di un fidanzato.

«Hai mai...» sussurra Luca. «Se non l'hai fatto, possiamo prendercela con calma.» È così gentile, e so che non vuole rallentare le cose, ma apprezzo la sua disponibilità a venire incontro alle mie esigenze.

«Voglio che tu mi scopi, Luca» dico, dandogli il mio entusiastico consenso, perché nonostante abbia paura che faccia male, lo voglio davvero con lui. E se qualsiasi altra ragazza dovesse mettergli le unghie addosso, potrei doverla uccidere.

Il sorriso non abbandona mai il suo viso. «Aspettavo di sentirti dire questo.»

Le sue dita mi stuzzicano la figa; uno, e poi due dita spesse mi accarezzano, assicurandosi che sia pronta per lui. Mi allarga con un terzo dito, e mentre gemo, le sue labbra coprono le mie. È veloce, ritira le dita, e mentre mi lamento per la perdita di contatto, mi sta lentamente riempiendo con la punta del suo cazzo.

Sussulto, il dolore così maledettamente squisito che è addirittura piacevole, e lui copre di nuovo le mie labbra, questa volta mordendo il mio labbro inferiore mentre tremo sotto di lui.

«Ce la puoi fare» dice, e la sua bocca si sposta lungo la mia mascella fino all'orecchio. «Sei così perfetta, cazzo.»

Piego le ginocchia, offrendogli ampio accesso e poi avvolgo le gambe intorno a lui, tirandolo più in profondità.

«Apri gli occhi e guarda cosa mi stai facendo» rantola Luca.

Faccio fatica a tenere gli occhi aperti, a concentrarmi su *di lui*. Tutto è incredibile e i miei sensi sono completamente sovraccaricati.

«Mi fai sentire così bene» gli sussurro, le mie unghie che graffiano delicatamente la sua schiena fino ad arrivare al suo sedere, tirandolo più in profondità e più stretto.

Mi allarga, ma il dolore si attenua in una piacevole pulsazione che si intensifica in pura beatitudine mentre lentamente inizia a muoversi.

«Continua così» ansimo, sentendo il mio corpo rispondere di nuovo, già.

Luca sorride con aria sorniona, ben consapevole dell'effetto che sta avendo su di me. I suoi fianchi si muovono contro i miei, le sue spinte lente e regolari finché non inizia ad aumentare il ritmo, e non sono mai stata più grata per una testiera del letto mentre mi aggrappo al montante di legno, reggendomi come se la mia vita dipendesse da quello.

Il mio interno è in fiamme, sento il secondo orgasmo

pronto a squarciare la mia esistenza mentre il respiro di Luca diventa più rapido, in affanno.

«Cazzo, sono vicina. Di nuovo» gemo, volendo che lui sappia cosa mi sta facendo e volendolo lì con me.

«Non ancora» ordina, e io piagnucolo, trattenendomi, desiderando disperatamente di venire di nuovo. «La tua figa è così bella» mi sussurra nell'orecchio, e giuro che sta cercando di torturarmi.

Sto tremando ancora una volta, il calore mi inonda mentre non riesco più a ritardare l'inevitabile. «Luca» ansimo. «Ti prego, lasciami venire.» È chiaro che non sono al di sopra dell'implorare quando si tratta di Luca Ricci.

Non ride. Non mi prende in giro per questo. «A chi appartieni?» grugnisce Luca, e sento il mio corpo vacillare sull'orlo.

«A te» sussurro.

«Voglio sentirti venire sul mio cazzo» grugnisce nel mio orecchio, e le sue parole mi mandano oltre il limite.

Gemo il suo nome, il mio interno che stringe il suo

cazzo, svuotandolo dentro di me, incapace di trattenermi oltre.

«Sto per...» grugnisce, e lo tengo stretto contro di me.

«Luca, vieni per me.» Voglio che provi ciò che mi ha dato. Le mie labbra si spostano verso il suo orecchio, tirando delicatamente il lobo, e sento il suo cazzo gonfiarsi mentre finalmente raggiunge l'oblio con me.

———

A un certo punto durante la notte, mi sveglio.

Luca dorme profondamente accanto a me, il suo braccio appoggiato sulla mia vita.

Silenziosamente, scendo dal letto, prendo i vestiti che ho preso in prestito ieri e mi avvio nel corridoio.

Lui non si muove minimamente, e non voglio svegliarlo. Ho bisogno, però, di usare il bagno, e lui è profondamente addormentato. Avrei dovuto chiedergli dove fosse ieri; invece, ero troppo occupata a praticamente dare fuoco al suo letto.

Un fuoco straordinario che ha acceso qualcosa di selvaggio dentro di me.

Ancora non posso credere che abbiamo fatto sesso! Ed è stato maledettamente fantastico.

Fuori nel corridoio, non c'è alcuna indicazione di quale porta sia quella del bagno, e tutte le porte sono chiuse.

Cazzo.

La luce della luna filtra dalle finestre in alto, illuminando un sentiero lungo le scale e giù per il corridoio. Torno al piano terra. Ricordo di aver usato il bagno di sotto, e sono abbastanza sicura di ricordare quale porta fosse. Se sono fortunata, qualcuno avrà lasciato la porta aperta.

I miei passi sono leggeri sul pavimento di marmo. Il materiale è fresco sotto i miei piedi e, mentre mi avvicino alla porta del bagno, sono sollevata quando la trovo aperta.

Mi intrufolo dentro, chiudo silenziosamente la porta e mi prendo il mio tempo. Solo pensando alla notte scorsa con Luca, l'adrenalina ricomincia a scorrermi nelle vene. Come farò a riaddormentarmi?

Dall'interno del bagno, sento un gemito nelle vicinanze. Non riesco a distinguere esattamente da dove provenga il suono, ma è vicino.

Sembra un cucciolo che implora di essere liberato dalla sua gabbia.

I Ricci hanno un cane?

Non ho visto segni di un cane, ma forse non lo lasciano correre per casa. Il posto è elegante, e con i pavimenti di marmo, potrebbero essere preoccupati che si graffi il marmo? Il marmo si può graffiare?

Finisco in bagno e mi fermo nel corridoio. Non c'è traccia dei genitori di Nova o di Luca.

Ancora non capisco perché vivano insieme sotto lo stesso tetto. Questo posto è abbastanza grande per diverse famiglie, ma perché condividere una casa?

E che dire della guardia del corpo di stasera che era vicino alla porta sul retro?

Niente di tutto ciò ha senso.

Sento altri gemiti.

Guaiti.

Sembra proprio un cucciolo, il che mi fa sentire la mancanza del cane di famiglia, Scarlet. È un Pastore Australiano, la più piccola della cucciolata, venticinque libbre e completamente cresciuta. Ho supplicato mamma e papà di lasciarmela portare al college, ma hanno ragione, non verrebbe mai ammessa nei dormitori. E di certo non potrei farla entrare di nascosto. È troppo rumorosa e piagnucolosa.

Mi avvicino silenziosamente alla porta chiusa da cui proviene il suono del cucciolo.

Considerando quanto è grande questo posto, il loro cucciolo ha un'intera stanza tutta per sé?

Mi fermo davanti alla porta misteriosa e appoggio l'orecchio contro di essa. I gemiti provengono sicuramente dall'interno.

Povero cucciolo, probabilmente deve uscire per fare i suoi bisogni. Speriamo che ci sia un guinzaglio nelle vicinanze. Anche se la casa ha un giardino recintato, non voglio rischiare di inseguire il cucciolo per tutto il giardino per riportare *lei* dentro, presumendo che sia una femmina.

Giro silenziosamente la maniglia della porta accanto al bagno, pregando che non sia la camera da letto di qualcuno e di non mettermi in imbarazzo.

L'oscurità inonda una serie di scale e i gemiti diventano più insistenti.

Un morbido sentiero di luci trema lungo le scale, facendo in modo che non abbia bisogno di accendere l'interruttore mentre scendo la scala di legno.

C'è un seminterrato?

Naturalmente c'è un seminterrato. Questa casa ha assolutamente tutto.

La scala è una spirale di gradini di legno, e io scendo silenziosamente ogni gradino, attenta a non inciampare e cadere.

I gemiti diventano più forti, più insistenti mentre mi avvicino e raggiungo gli ultimi gradini, dove posso vedere una calda lampadina a soffitto che illumina lo spazio.

Mi aspetto di vedere un trasportino con un cucciolo e forse anche un letto per cani o qualche altro segno di un animale, invece, la gabbia va dal pavimento al soffitto, con sbarre di metallo. Una cella di una prigione.

E non è un cane rannicchiato all'interno a gemere. È un bambino.

DIECI

LUCA

Mi rigiro nel letto, i miei occhi si aprono per un secondo, mentre cerco di orientarmi. La stanza ha un odore diverso, l'aria è più fresca.

Non sono a casa.

Beh, non a casa mia. Sono a casa dei miei genitori, nella nostra tenuta.

E i bollenti ricordi della notte scorsa mi travolgono.

Ho appena fatto sesso con Harper McKenna.

Allungo il braccio verso di lei, ma il letto è vuoto, il posto accanto a me ancora caldo.

Ma che diavolo...? Dov'è andata? Ha deciso di dormire nella sua stanza alla fine?

Non mi è mai capitato che una ragazza se ne andasse nel mezzo della notte, o dopo il sesso, a dire il vero. Di solito sono io quello che le caccia via se non voglio che diventi una cosa seria. E Harper non mi sembra il tipo di ragazza che se ne va di nascosto.

Dei passi pesanti risuonano fuori nel corridoio. È Harper, lo sento.

Mi metto seduto, faccio oscillare le gambe fuori dal materasso e recupero i miei vestiti nell'oscurità. Mi ci vogliono alcuni secondi per rimetterli addosso e assicurarmi che non siano al rovescio o al contrario prima di uscire nel corridoio.

Non voglio che vaghi da sola in questo posto.

C'è qualcosa di losco sotto questo tetto. Ci ho vissuto abbastanza a lungo per sapere quando tengono qualcuno in ostaggio o torturano un sospetto.

La mia ipotesi per oggi è la tortura.

Perché altro ci avrebbero cacciato fuori prima?

E l'intero motivo per cui sono tornato a casa era

proteggere Harper. Non ho intenzione di smettere adesso.

Sarebbe stato bello se il motivo per cui eravamo stati chiusi fuori di casa prima fosse stato una sorpresa, come aveva suggerito Harper. Dopotutto, avevano comprato una macchina nuova di zecca a Nova, e certo, avrebbero potuto star firmando i documenti per quella, ma io so che non è così.

È molto peggio di così; sento il peso come un'incudine sul petto.

Se fosse dipeso da me, non avrei passato la notte qui. Volevo tornare a casa, ma Nova ha insistito perché restassimo, e Harper non aveva la minima idea di cosa stesse succedendo.

Non avrei mai lasciato Harper da sola, e mentre consideravo l'idea di accamparmi fuori dalla sua camera per tutta la notte, lei che dormiva nel mio letto era decisamente la migliore delle due opzioni.

Senza contare che non abbiamo solo dormito.

Abbiamo fatto il sesso più incredibile di sempre. Almeno, io ho pensato che fosse dannatamente fantastico. Se Harper sostiene il contrario, sta decisamente mentendo. So che è venuta due volte la scorsa notte, e be', sono un po' deluso che non ci sia stata una terza volta, ma eravamo entrambi stanchi e ci siamo addormentati poco dopo i nostri festeggiamenti.

Avremo tempo per tutto la prossima volta.

Apro la porta della camera e faccio un passo nel corridoio. Nessun segno di Harper. Mi avvicino in punta di piedi alla stanza degli ospiti e apro delicatamente la porta.

Nessuna traccia di lei neanche qui.

Il suo letto è vuoto.

Proprio come sospettavo.

Cazzo.

Lo stomaco mi si contorce, e mi affretto lungo il corridoio cercandola.

Okay, dove potrebbe essere?

Bagno o cucina sarebbero le opzioni più logiche. Visto che la porta del bagno è chiusa, ma la luce è spenta, immagino sia in cucina.

Merda.

O forse il bagno al piano di sotto.

Facendo una smorfia, mi rendo conto che non le ho fatto fare un vero tour del piano di sopra e, logicamente, probabilmente è tornata al piano di sotto per usare i servizi. È l'unico bagno che ha visto, e le porte al piano di sopra erano tutte chiuse.

Cerco di scendere silenziosamente le scale fino al bagno vicino all'ala posteriore della casa. La porta è aperta, lo sciacquone sta ancora scorrendo, il che mi dice che non è passato molto tempo da quando era lì dentro.

Dov'è adesso?

La cucina è proprio davanti, ma non vedo nessuna luce provenire da quella direzione.

La porta della cantina è proprio accanto al bagno e per un momento trattengo il respiro. No, non avrebbe motivo di vagare lì sotto.

Non ho messo piede in cantina da anni, da quando ho visto un uomo essere torturato e giustiziato sotto gli ordini di mio padre. Non aveva battuto ciglio mentre accadeva. No, era raggiante di orgoglio, come se fosse nato per quel lavoro.

La parte peggiore.

Avevo vomitato davanti a lui, violentemente. Non ero nemmeno riuscito a nascondergli il disgusto, e lui mi aveva afferrato per il bavero dicendomi che avrei dovuto abituarmici perché avrei seguito le sue orme.

Col cavolo.

Ho fatto tutto il possibile per non diventare come lui. Sono rimasto lontano da mio padre, dai suoi uomini, dal male che ha portato in casa, fino ad oggi.

La porta della cantina si spalanca, e Harper esce correndo, quasi urtandomi, con un bambino che la segue. Il ragazzino è piccolo, sporco e indossa un pigiama. Non può avere più di otto anni. Sembra sia stato strappato dal suo letto nel cuore della notte.

Cazzo.

«Dobbiamo andare, ora!» le dico, afferrandola per un braccio e trascinandola lungo il corridoio verso la porta sul retro. È l'uscita più vicina della casa. Digito il codice dell'allarme per disattivarlo prima di aprire la porta e fare cenno a Harper e al bambino di uscire, poi la richiudo. Afferro la mia giacca appesa al gancio vicino alla porta e le mie scarpe da tennis. Le lancio a lei.

«Mettiti queste.» So che sono troppo grandi, ma sono meglio dei suoi piedi nudi o dei tacchi che indossava e che ci rallenterebbero.

Lei infila le scarpe mentre io avvolgo il mio cappotto intorno al bambino, chiudendo la zip per tenerlo al caldo. Ficco la mano nella tasca della giacca e recupero le mie chiavi.

«Va tutto bene,» gli dico, anche se in questo momento nulla va bene. «Lei ti terrà al sicuro.»

Gli uomini ci saranno addosso in pochi secondi se non siamo veloci. «Ci sono telecamere ovunque. Qualcuno sta sempre guardando. Abbiamo solo pochi secondi, forse minuti, se siamo fortunati.»

Indico il bosco dove prima ho raccolto la legna per il falò. «Devi correre fino al limitare della foresta, scavalcare la recinzione. Poi corri fino alla strada e cerca aiuto.»

«E tu?» chiede Harper. «Non vieni con noi?»

«Prenderò la macchina. Sarò il diversivo di cui avete bisogno per mettervi in salvo. Una volta superata la recinzione, trova una casa, qualcuno che vi aiuti. Chiama la polizia. Qualunque cosa tu faccia, non venire a cercarmi.»

Mi costa tutto non correrle dietro, proteggerla, tenerla al sicuro. Ma le sue migliori probabilità sono con me qui e lei e il bambino il più lontano possibile.

Posso darle il tempo di mettersi in salvo.

È la scelta migliore quando le probabilità sono contro di noi.

Mi afferra e mi bacia in un'esplosione di passione ardente. Il mondo intorno a me si scioglie, e mentre i miei piedi sono congelati, così come le mie estremità per il freddo pungente, tutto ciò che sento è il calore del sapore delle sue labbra che avvolge tutti i miei sensi.

«Se sopravviviamo a questo...» dice Harper, e la interrompo.

«*Quando* sopravviveremo a questo,» la correggo. Non posso permettere che esistano altri pensieri.

«Non voglio che sia *finto* tra noi,» dice. Ruba un altro bacio prima che io abbia il tempo di rispondere.

Dopo quello che è successo tra noi prima, non potrebbe mai essere *finto*.

Prende la mano del bambino e corre nella foresta nella direzione che le ho indicato.

Esalo un respiro nervoso e mi precipito davanti alla telecamera, assicurandomi di essere io quello che viene visto, i miei movimenti evidenti e vistosi mentre mi dirigo verso la parte anteriore dell'edificio e verso la mia auto.

Moreno apre la porta principale con Ashton proprio alle sue calcagna. Deve averlo svegliato. Harper è stata ragionevolmente silenziosa, e io mi sono assicurato di disattivare l'allarme. Ashton non poteva essersi svegliato e aver capito cosa stesse succedendo da solo. Qualcuno deve averlo coinvolto, ma perché?

«Fermati, prima che ti facciano ammazzare,» urla Moreno, e io mi fermo davanti alla portiera della mia auto, con le chiavi in mano. Sto valutando l'idea di saltare dentro e filarmela via da lì, ma la recinzione in ferro battuto non si aprirà magicamente. Non c'è alcuna possibilità che Moreno ordini alla guardia al cancello di lasciarmi andare, non se si sono accorti che il loro prigioniero è scomparso.

E devono saperlo, altrimenti non si preoccuperebbero di me che sgattaiolo via nella notte.

«Ascoltalo,» dice Ashton. «Sta cercando di salvarti la vita.»

«Salvarmi la vita?» sbotto e mi allontano dal veicolo. «Perché la mia vita avrebbe bisogno di essere salvata?»

Sto cercando di guadagnare tempo per Harper in modo che possa allontanarsi inosservata. Anche se sono sicuro che l'hanno notata, ma non li sento correre attraverso la foresta.

Merda.

Sento però i cancelli metallici che gemono mentre si aprono. Tre veicoli con i soldati di mio padre stanno uscendo dal complesso, certamente con l'intenzione di fermarla quando supererà la recinzione.

Cazzo.

Non posso fermarli tutti. Non sono sicuro di poter fermare nemmeno Moreno e Ashton da solo. Non quando Moreno ha un'arma sul fianco. Posso vedere la pistola luccicante nella sua fondina sotto le luci esterne. Almeno non l'ha estratta e puntata contro di me. Dovrei essergli grato.

«Ti farai ammazzare,» mi avverte Moreno. «Sto cercando di aiutarti.»

Ma non mi importa di me stesso. Mi importa solo di Harper.

«Ascoltalo,» dice Ashton e lentamente si avvicina a me.

Esalo un respiro pesante. Già non mi piace dove sta andando a parare questa situazione. La porta principale si apre, e Dante esce fuori, furibondo.

«Uccidete la ragazza,» Dante impartisce ordini a Moreno. Immagino che abbia già dato ordini ai suoi uomini che sono usciti dal cancello principale. «Ma portatemi il bambino, vivo.»

«No!» Mi lancio verso Dante, pronto a uccidere mio padre a mani nude. È davvero un mostro, del peggior tipo immaginabile, disposto a uccidere una ragazza innocente.

Ashton mi trattiene.

«Pensaci due volte, figlio,» mi avverte Dante, ringhiando, scontento della mia mancanza di obbedienza. «Posso farti seppellire proprio accanto a lei.»

Dante solleva la sua pistola, togliendo la sicura mentre la punta verso il mio volto.

«Uccideresti davvero il tuo unico figlio, il tuo erede al trono?» chiedo, sapendo come entrare nella sua testa. «Mamma, *Nikki*, ti odierebbe per il resto della tua vita.»

Mi fissa, colto alla sprovvista dalla menzione del suo nome. Sembra leggermente perplesso, quasi confuso dalla consapevolezza che potrei avere ragione. Scaccia le ragnatele dai suoi pensieri velocemente come sono arrivate. «Non l'hai mai voluto,» dice e indica il complesso, il suo paradiso.

«Non ho mai voluto diventare *te*,» dico. Anche se, in verità, non voglio nulla della sua vita né essere coinvolto nelle cose orribili di cui si occupa. Non è quello che sono.

«Considera le tue opzioni, Luca,» dice Dante. «Uccidi la ragazza, oppure, se ti rifiuti di obbedire, cosa che so ami fare, allora il tuo amico Ashton ha l'ordine di uccidervi entrambi.» Dante consegna la sua pistola ad Ashton, dandogli l'opportunità di giustiziarmi se necessario.

Lancio un'occhiata ad Ashton.

Non lo farebbe, vero?

«Mi dispiace,» dice Ashton scuotendo la testa. Non solleva la pistola né mi minaccia, ma l'arma è nella sua mano, puntata verso terra, e questo mi basta per capire che sta dalla *loro* parte. Ha preso l'arma, sta accettando il potere che gli stanno concedendo.

Sbuffo e spingo Ashton mentre faccio un passo indietro. «Siamo fratelli,» dico, digrignando i denti. Forse non siamo fratelli biologici o di sangue, ma pensavo che la nostra amicizia e l'essere compagni di squadra significasse qualcosa.

«Sai che la famiglia mafiosa viene sempre prima di tutto,» dice Ashton.

Ho sempre saputo che Ashton era legato a suo padre. Ho sentito le telefonate. So perfettamente che intende guidare la Bratva di Chicago dopo il college. Semplicemente, non mi aspettavo che mi tradisse schierandosi con mio padre.

«Non farlo,» dico, sperando di far ragionare il mio amico.

«Non costringermi a premere il grilletto,» dice Ashton mentre mi afferra per la maglietta e mi spinge verso la mia auto. «Ora, aiutaci a trovare Harper prima che faccia uccidere il bambino.»

Salgo al posto di guida piuttosto rapidamente. Prendere tempo non aiuterà Harper. Ci sono troppi uomini che le danno la caccia. La sua migliore opzione è il mio aiuto.

Ashton, tuttavia, sarà una spina nel fianco quando finalmente la raggiungerò.

I cancelli di ferro sono ancora aperti, e guido sulla strada principale girando a sinistra, nella direzione in cui so che è corsa con il bambino.

Spengo la radio, abbasso i finestrini e sento una folata d'aria fresca. Sono in ascolto di qualsiasi segno di colluttazione, nel caso non la veda ma la senta.

«Non puoi salvarla,» dice Ashton, con la pistola ancora in pugno appoggiata sulle sue gambe.

«Beh, non ho intenzione di spararle.» Gli lancio un'occhiataccia prima di tornare a concentrarmi sulla strada. Sto seguendo la linea della recinzione. La proprietà si estende parecchio, ma non c'è traccia di lei. Ci sono diversi uomini di mio padre in abito che perlustrano il perimetro.

È ancora buio fuori, e questo è l'unico vantaggio che avrà, la copertura della notte.

«È solo una ragazza, facilmente sostituibile,» dice lui.

Sbuffo alla sua osservazione. «Tutti sono sostituibili, secondo la mafia.»

Ashton alza le spalle mentre guarda fuori dal finestrino, osservando tutto, cercando *lei*. «Non hai torto,» dice. «Ma non agitarti per lei. È carina e tutto quanto, ma non vale la tua vita, e hai sentito Dante. Mi farebbe uccidere entrambi voi se fosse necessario. Non essere stupido, Luca. Come tuo amico, ti sto dicendo di non fare idiozie.»

Lo stomaco mi si rivolta. «Meno male che non sei stato tu a finire con lei,» mormoro.

«Sei serio?» Ashton si sposta sul sedile.

Merda, mi ha sentito. Non che importi. Ha la lingua così spalmata sul culo della mafia, a quanto pare, che farebbe qualsiasi cosa per compiacerli, compreso uccidermi quando sarà il momento.

«Tu stai *fingendo* di frequentarla. Non dimenticarlo, Luca. È *finto*.»

Tranne che quello che è successo la scorsa notte tra noi non era finto, niente di tutto ciò era una finzione.

Posso ancora sentire il suo corpo rannicchiato sotto di me, e vorrei che fossimo entrambi di nuovo di sopra nella mia camera da letto. Purtroppo, non posso riavvolgere il tempo o cambiare il corso degli eventi della notte dopo il nostro incontro in camera.

Tutto quello che posso fare è giurare di proteggerla.

«Magari fosse finto,» borbotto e freno bruscamente quando vedo due uomini che gettano il bambino nel retro del loro SUV parcheggiato dall'altra parte della strada.

Esco velocemente dall'auto e Ashton è subito dietro di me.

«Harper!» grido, guardando nel veicolo, ma i finestrini sono scuri. È notte e troppo difficile vedere attraverso il vetro.

Ma non sento la sua voce, le sue urla, le sue richieste d'aiuto.

«Dov'è?» Mi avvento su Nico, uno degli uomini di mio padre, e gli assesto un colpo in faccia. Le mie mani sono sulla sua camicia, esigendo risposte, mentre un rivolo di sangue gli cola dal naso.

Ashton mi strattona all'indietro, lontano dal soldato.

Lei non avrebbe mai lasciato solo il bambino. «Se l'avete uccisa, giuro che...»

Matteo si fa avanti dal lato opposto del veicolo. È calmo. Un po' troppo calmo, il che fa battere il mio cuore in modo irregolare. Non ho mai sopportato Matteo. Tortura uomini per vivere. Il suo unico obiettivo è estorcere informazioni prima della loro morte. «Bruno e Vito l'hanno presa mentre cercava di scavalcare la recinzione. La stanno riportando dentro il complesso,» dice Matteo.

«Cazzo!»

UNDICI

LUCA

Ci sono quattro uomini su Harper, due che la trattengono, Halsey e Caden, e due che controllano che non scappi, Bruno e Vito.

Hanno davvero bisogno di quattro uomini per tenerla ferma? È esagerato.

Nico e Matteo si uniscono alla festa, trascinando il ragazzino di nuovo nella segreta, aprendo la cella e gettandocelo dentro.

C'è una brandina sul pavimento e una coperta che sembra aver visto giorni migliori. Il bambino corre verso la brandina contro la parete più lontana e si rannicchia, cercando di mantenere le distanze il più possibile.

Ma Harper non è in una cella, e sapere che lui la vuole morta mi fa rivoltare lo stomaco. Non mi chiedo perché non l'abbia ancora uccisa. Probabilmente è per torturare me.

In che cazzo di affare è coinvolto Dante questa volta?

Matteo si piazza davanti a Harper, con i pugni chiusi lungo i fianchi.

«Dimmi perché stavi ficcanasando e non renderò la cosa spiacevole per te.»

L'aria mi esce dai polmoni di colpo.

Sta parlando di tortura, la sta minacciando velatamente.

«Lo giuro, pensavo di aver sentito un cucciolo!» esclama Harper, cercando di liberarsi dagli uomini, ma la costringono a sedersi su una sedia.

Non è fisicamente legata, ma le mani ferme del capo sulle sue spalle le impediscono di alzarsi e scappare.

Il suo respiro è irregolare.

Conosco quella sensazione, l'orrore di vedere di cosa sono capaci gli uomini, e peggio ancora, è mio padre che sta dietro al rapimento di questo bambino. Non sapevo che trafficasse bambini, ma è un mostro, lo è sempre stato. E non conosco tutti i dettagli sporchi dei suoi affari.

«Lasciate andare il bambino,» dice Harper con voce roca. «Non m'importa di me. Fate quello che volete a me.»

«Oh, t'importerà eccome,» dice Caden con una risata profonda e gutturale. «Ci supplicherai di ucciderti. Stupida ragazza, scendere nella cantina della mafia e rubare la nostra proprietà. Devi proprio essere suicida per farlo.»

«Mafia?» ansima Harper. Chiaramente, non l'aveva capito finché lui non gliel'ha detto esplicitamente. Non so se dovrei essere sollevato per la sua ingenuità o imbarazzato per il fatto che non ci sia arrivata da sola.

«Lasciatela andare!» grido. La mia voce rimbomba contro le sbarre di metallo e si attenua sulle pareti di pietra.

Spingo indietro Bruno e Vito, togliendoli di mezzo per raggiungere Harper.

Bruno mi afferra il braccio, tirandomi verso di lui, estraendo rapidamente la pistola e premendola contro la mia tempia. «E tuo padre pensava sempre che saresti cresciuto diventando un uomo intelligente,» sibila Bruno al mio orecchio.

«Silenzio!» urla Dante, e i suoi passi sono pesanti quando calpestano il pavimento di cemento della cantina mentre si avvicina scendendo le scale.

«Cosa abbiamo qui?» chiede Dante, esaminando la ragazza seduta davanti a lui. Le gira attorno come un leone che bracca la preda. Sebbene sia a conoscenza del crimine ripreso dalla telecamera, vuole sentirlo direttamente e capire il suo nemico.

Halsey parla per primo, la sua presa ancora ferma sulla spalla di Harper mentre la tiene posizionata sulla sedia pieghevole di metallo, di fronte alla cella. «Ho beccato la ragazza che ficcanasava.»

«Non stavo ficcanasando!» grida Harper e si libera dalla presa dell'uomo sul suo braccio, ma non si alza dalla sedia. Sembra sapere che è meglio non tentare di fuggire di nuovo. Inoltre, gli uomini che torreggiano su di lei hanno delle pistole.

«Cosa stavi facendo?» chiede Dante, in attesa di una spiegazione, anche se non riesco a immaginare che esista una risposta che possa soddisfarlo.

«Ho sentito un cucciolo, e sono andata a cercarlo per portarlo fuori a fare i bisogni. È così orribile?» chiede Harper. Non menziona nemmeno di essere inciampata nella tana della mafia e di aver trovato un bambino, per poi tentare una fuga con lui. Non ha senso ricordargli quello che è successo.

«Bene, cosa suggerisci di fare ora che hai trovato il tuo cane?» Dante fissa Harper con freddezza, aspettando di sentire la sua spiegazione.

«È un bambino!» ribadisce Harper, indicando il piccolo dietro le sbarre. «Qualunque cosa abbia fatto, è solo un bambino. Non potete rapire bambini tanto per farlo.»

«Oh, credimi, non ne traggo alcun piacere,» dice Dante, con voce calma, fin troppo calma.

Faccio un passo avanti, spingendo Bruno indietro e via da me. Visto che mio padre è nella stanza, non mi maltratta come so che vorrebbe fare. È cauto con Dante perché, dopotutto, sono il figlio di mio padre.

«Non ti credo,» dico. «Hai assassinato uomini; l'ho visto con i miei occhi.»

La fronte di Dante si corruga. «Non ho assassinato nessuno,» dice, fulminandomi con lo sguardo. «Figlio, quello che ti sei convinto di aver visto, è tutto... non vero.»

Ovviamente, avrebbe reagito male al suggerimento che io abbia assistito a un crimine, un omicidio, niente di meno. Non mi aspetto che lo ammetta, non a me, non a nessuno.

«E questo? Come spieghi il rapimento di un bambino?» chiede Harper. La ragazza non sa quando tenere la bocca chiusa.

Dante si avvicina e si china, il suo viso a pochi centimetri da quello di Harper. «Dal mio punto di vista, sei tu che l'hai rapito togliendolo a me. Io sto semplicemente proteggendo il piccolo mascalzone. Qualcuno dovrebbe prendersi cura del bambino. Non vorrei che finisse in pericolo. Tu sì, cara?» chiede Dante. Si raddrizza e lancia un'occhiata oltre la spalla al ragazzino.

Dietro di me, un altro paio di passi leggeri scende le scale, ed è Moreno.

Sembra una riunione di famiglia, tranne che mancano alcuni soldati agli ordini di mio padre.

«Signore, me ne occupo io,» dice Moreno, permettendo a mio padre di tornare a letto se lo desidera.

Moreno è il suo vice. Dante si fida di Moreno con la sua vita e con il lavoro.

Dante guarda Moreno e poi me. «La ragazza è un problema, uno che entrambi voi avete portato nella mia casa, sotto il mio tetto.»

Sta incolpando il suo vice per questo?

«Non potevo sapere che sarebbe venuta, signore. Ho fatto ritirare l'invito alle altre ragazze che avevano intenzione di partecipare alla festa di compleanno di Nova, ma non sapevo che questa ragazza, la fidanzata di suo figlio, avrebbe partecipato,» dice Moreno.

Sta chiaramente proteggendo se stesso e la sua famiglia.

Non dovrei sorprendermi. Getta me e Harper sotto il proverbiale autobus.

Semplicemente fantastico, cazzo.

Do un'occhiata alla pistola di Bruno. Potrei tentare di strappargliela dalla presa, ma siamo in inferiorità numerica e sicuramente ci sopraffarebbero. Potrei affrontare uno, forse due ragazzi, ma ci sono sei uomini, tutti addestrati professionalmente, in stile mafia.

«Sì,» dice Dante, annuendo lentamente, accarezzandosi la mascella mentre si gira verso di me. «Questo problema, a quanto pare, è tra mio figlio e me.»

Harper ha la testa girata, il suo sguardo su di me. Posso vedere gli ingranaggi che girano nella sua testa, chiedendosi cosa significhi esattamente tutto questo e come diavolo faremo a uscire vivi da questa cantina.

«Hai perfettamente ragione, Padre.» Mi fa male chiamare Dante mio padre, ma in questo momento, farò qualsiasi cosa sia necessaria. Se devo recitare, interpretare una parte, darò il massimo. Spero solo che Harper abbia le stesse capacità recitative e che stia al gioco. C'è un altro modo per uscire da questo disastro?

Dante espira pesantemente dal naso. «È così?» Sembra sorpreso, scioccato quanto me, che io stia ammettendo che ha ragione.

L'uomo si crogiola nella sua gloria, ma gli lascerò avere questa vittoria solo per un breve momento.

«Non avrei dovuto portare la mia ragazza qui senza invito,» dico. Mi prendo un momento, raccogliendo i miei pensieri prima di continuare, sperando che ciò che improvviserò funzioni per salvare lei... per salvare entrambi. «Non aveva idea di cosa fosse questo posto, chi sei tu, finché uno dei tuoi uomini, Caden, gliel'ha spiegato, come un imbecille.»

Gli occhi di Dante si stringono per un momento, e si volta verso Caden e gli altri uomini che lavorano per lui. «È vero questo?»

Halsey è il primo ad annuire. «Sì, signore.» Lui e Caden sono dello stesso rango. Vito lavora per Caden, non posso immaginare che venderebbe il suo capo, e Bruno, beh, è Bruno. Venderebbe sua sorella se gli si presentasse l'occasione. Come farebbe anche

Matteo, che concorda anche lui con quanto appena accaduto.

Dante afferra la pistola di Bruno e solleva la canna. Si ferma solo leggermente, rimuovendo i proiettili extra prima di girare la pistola e consegnarla a Harper. «Uccidilo, e potrai vivere.»

«Scusa?» Gli occhi di Harper si spalancano.

«Signore,» la voce di Caden vacilla, «non è necessario. Giuro che non l'avrei mai tradita, signore. Quello che ho detto, è stato completamente un incidente. Voglio dire, non ho mai avuto intenzione di dire alla ragazza che siamo mafia. Mi è sfuggito. Sa che non lo farei mai...» Sta farfugliando e supplicando per la sua vita.

Dante alza una mano per zittire Caden. Non desidera sentire un'altra parola dalle sue labbra.

Caden lo prende come un'offerta di pace. Sono sicuro che stia sperando, implorando mentalmente, per la sua vita. Dopotutto è un capo, uno degli uomini di rango più alto rispetto ai soldati. Impartisce ordini, è prezioso e fidato, ma una volta che la fiducia è rotta, non c'è scusa che possa riparare i legami di sangue spezzati.

Dante guida delicatamente il suo braccio verso Harper, facendola alzare e mettendola di fronte a Caden. «Spara al traditore,» dice Dante al suo orecchio, il suo sussurro abbastanza forte perché tutti sentano. «Dimostra la tua lealtà e alleanza alla famiglia, a mio figlio, e voi due vivrete. Hai la mia parola.»

La pistola nella sua mano trema mentre lentamente la alza, scuotendo la testa in segno di diniego. Tutto il suo corpo sta tremando, il suo respiro è irregolare e ansima in cerca d'aria. Probabilmente sta avendo un attacco di panico. Io stesso sono sull'orlo di averne uno mentre cerco di proteggerla nell'unico modo che conosco.

Mi metto tra Caden e Harper. Non posso permettere che faccia quella scelta. Non è un'assassina a sangue freddo.

«Non sparerà a nessuno» dico, mettendo fine alla follia di questo gioco di mio padre.

Un'espressione di sollievo le attraversa il viso mentre abbassa la pistola e io la prendo tra le mani. Una parte di me vorrebbe alzare l'arma, puntarla verso mio padre e premere il grilletto.

Ma poi cosa?

Non desidero guidare la mafia, e diventerei l'uomo che disprezzo, proprio come mio padre, ma molto peggio.

Mi volto verso Dante. «Harper è sotto la mia protezione. Non puoi toccarla.»

Lui sbuffa e inclina la testa. «Cosa ti fa pensare di potermi fermare, figlio mio?»

Ashton guarda mio padre, in attesa dell'ordine di ucciderci entrambi. Come se il suo dito fremesse sul grilletto, desideroso di aggiungere due vittime al suo nome.

«Un'alleanza matrimoniale» esalo pesantemente, pregando che funzioni. «Se mi sposa, diventa parte della famiglia. Protetta.»

«Ma tu non vuoi far parte della mafia, Luca» dice Dante, ricordandomi il mio tradimento alla famiglia. Il suo sguardo si sposta su Ashton e annuisce, come se gli stesse dando il permesso di ucciderci entrambi. «La tua idea manca di creatività.» Mi sta prendendo in giro, dannazione.

Inspiro bruscamente mentre Ashton alza la pistola su Harper e toglie la sicura.

«Aspetta!» Mi metto tra Harper e la pistola. «Verrò a lavorare per te.»

Dante alza una mano verso Ashton, indicandogli di aspettare un momento prima di premere il grilletto.

«Lavorerai per me e la sposerai» dice Dante, indicando che entrambe le opzioni devono accadere.

Harper aggrotta la fronte e scuote la testa. «Non potete decidere della mia vita. Nessuno di voi due!»

«Impara quando tacere!» la rimprovera Dante.

«Tuo figlio è un giocatore di hockey fenomenale. Lascerai che rovini le sue possibilità di una promettente carriera professionale dopo il college?» Harper sembra non sapere quanto mio padre odi l'hockey. Odia tutti gli sport a meno che non ci siano scommesse di mezzo, e lui ci guadagni come allibratore.

Dante ride cupamente e si strofina il ponte del naso. «La tua fidanzata è un vero peperino» mormora.

Gli occhi di Dante si restringono mentre lancia uno sguardo da Harper a Moreno. È come se stesse cercando un parere, cosa molto insolita per mio padre.

Moreno si avvicina, sussurra qualcosa a Dante, prima di tornare in posizione.

«Resterete entrambi sotto questo tetto fino al matrimonio. Non posso rischiare che *lei* faccia ammazzare qualcun altro.»

Esalo un respiro nervoso mentre Ashton inizia ad abbassare la sua arma.

Dante continua; non ha finito di parlare. «E per quanto riguarda gli affari di famiglia, inizierai ad addestrarti ogni fine settimana in cui non hai allenamenti o partite di hockey. Dovrai unirti a noi dopo la laurea, a meno che tu non venga selezionato dalla NHL. A quel punto, quando la tua carriera nell'hockey finirà, dovrai venire a lavorare per la famiglia.»

«Questi termini sono accettabili» concordo, senza nemmeno guardare Harper.

Lo sto facendo per salvarle la vita; deve capire che è tutto ciò che voglio. Proteggerla.

Mio padre si gira e si rivolge a Harper. «Se mi creerai altri problemi, non pensare che non ti farò torturare e uccidere dai miei uomini. Non dovrai mai più mettere piede in questa stanza. È chiaro?»

Harper mi guarda prima di annuire. «Sì, signore.»

«Bene, sta imparando» dice Dante con un sorrisetto. «Potete tornare entrambi di sopra a letto, ma non deludetemi.»

Prendo la mano di Harper e la conduco su per le scale della cantina e attraverso la casa, di nuovo al piano di sopra. «Non voglio stare da sola» sussurra, e io annuisco e mi metto un dito sulle labbra, avvertendola di restare in silenzio.

Prendo entrambe le nostre borse e le porto nel bagno delle camere degli ospiti, accendo la luce e la ventola, e le faccio cenno di raggiungermi dentro. Chiudo la porta dietro di noi.

Lei apre la bocca per parlare, e io alzo un dito e faccio partire la doccia, assicurandomi che qualsiasi suono sia completamente coperto dal rumore intorno a noi.

Solo ora sento che è sicuro parlare.

DODICI

HARPER

«Cosa faremo con il bambino nel seminterrato?» chiedo, fissando Luca.

Tremo, nonostante il vapore della doccia stia riscaldando il bagno, ma sono ancora congelata dopo aver corso fuori nel bel mezzo della notte.

O forse è l'adrenalina che ancora mi scorre nelle vene.

Luca si toglie la maglietta e poi si sfila i pantaloni, calciandoli via. Tira indietro la tenda della doccia. «Vieni con me.»

Non sta rispondendo alla mia domanda.

Si precipita sotto la doccia e si mette sotto il getto caldo.

Sospirando, mi spoglio dei suoi vestiti che ancora indosso e lo raggiungo. «Contento?» chiedo, infastidita dal fatto che non riesca semplicemente a parlarmi come una persona normale.

Le braccia di Luca mi circondano immediatamente la vita, tirandomi contro di lui sotto l'acqua calda.

Emetto un sospiro, ma continuo a tremare e sono sul punto di piangere. Niente di tutto questo è giusto.

«Parlami,» sussurra, le sue dita che si muovono sulla mia schiena, toccando e sfiorando ogni centimetro della mia pelle. Le sue mani non smettono mai di muoversi, e mi tiene stretta contro di lui, cosa che ci permette anche di condividere l'acqua.

«Tuo padre è un mafioso?» Non riesco a tenere bassa la voce, e la sua risposta è un silenzioso cenno del capo.

«Avresti dovuto dirmelo, cazzo, Luca. Prima che arrivassi qui.» Tento di allontanarlo, ma la sua presa su di me diventa solo più forte.

«Lo so. Non potevo,» dice, il suo respiro che mi solletica il collo mentre appoggia le labbra sulla mia pelle nuda.

Il mio corpo si curva contro il suo, in cerca di conforto, calore, affetto, mentre il mio cuore è tormentato. Mi sto spezzando dentro.

«Cosa faremo?» La mia voce si incrina, e sento le prime lacrime che cominciano a pizzicarmi gli occhi.

Luca mi porta più sotto il getto, lasciando che l'acqua lavi via i primi segni di umidità.

«Pianificheremo un matrimonio.»

Rido amaramente. «Non puoi essere serio.» È fuori di testa se pensa che andremo davvero avanti con un matrimonio. «Non ci amiamo nemmeno.» Non può dirmi che mi ama, non gli crederei mai. Abbiamo fatto sesso una volta, ieri sera, e sì, è stato fottutamente fantastico, ma lui non sa tutto di me.

E chiaramente, neanch'io so tutto di lui.

«C'è tempo per quello,» sussurra, il suo pollice che mi sfiora la guancia prima di accarezzarmi la mascella. Mi solleva il mento per incrociare il suo sguardo. «Stiamo almeno andando nella direzione giusta.»

«Davvero?» chiedo. «Perché mi hai mentito.»

«Non potevo dirti della mia famiglia,» dice Luca. Chiude gli occhi per un breve momento, chiaramente addolorato da quello che sta succedendo. «Sai che non è giusto incolparmi per questo.»

«Ma eccoci qui,» dico e indico la doccia.

Luca sospira. «Sono tornato qui solo per proteggerti.»

«Grazie per non essere scappato quando ho salvato il bambino,» mormoro e mi allontano, cercando di sfuggire alla sua presa.

Lui mi tiene più stretta.

«Non intendevo questo e lo sai.»

«Davvero?» chiedo. «Perché non sono sicura di cosa intendi. Non sono nemmeno sicura di chi sei, ormai.» Esco dalla doccia, guardando in basso mentre lo sporco turbina sul fondo della vasca. Non sono completamente pulita, mi sono solo sciacquata, ma stare nella doccia con Luca non aiuta.

«Sono sempre io,» dice Luca e si sciacqua sotto il getto. Prende la bottiglia dello shampoo mentre io afferro un asciugamano, asciugandomi e cercando di scaldarmi. Già sono fredda, ma non sono sicura che non sia anche il suo tocco quel che mi manca. Chiude parte della tenda, cercando di tenere l'acqua lontana dal pavimento del bagno, ma posso ancora vedere il suo viso, parlargli.

«Non so cosa significhi. Non so nemmeno chi sei,» dico. «Abbiamo appena iniziato a costruire una relazione tra noi, e ora stiamo parlando di buttarci a capofitto nel matrimonio. È assurdo.»

Luca si sciacqua via la schiuma dai capelli e poi si gira verso di me. «Pensi che io voglia unirmi a mio padre dopo il college?» chiede, guardandomi dritto nell'anima. «Non è stata una mia brillante idea venire qui questo fine settimana. Mi sono presentato per proteggerti, Harper, ed è quello che farò. A qualunque costo.»

Tiro la tenda della doccia completamente chiusa. Non voglio vederlo adesso.

So che sta cercando di aiutare, ma sta peggiorando le cose.

Ci deve essere un altro modo, un'altra opzione; il matrimonio non è la risposta. No...c'è così tanto che non sa di me, della mia vita, e non posso semplicemente sposarlo. È folle.

Luca lascia l'acqua correre, ma esce dalla doccia. Prende un asciugamano e inizia ad asciugarsi mentre io prendo il mio pigiama dalla borsa da viaggio.

Rimango in silenzio. Non so cosa dire, cosa fare. Forse possiamo fingere che ci sposeremo o simulare un matrimonio e poi trovare un modo per sfuggire alla sua famiglia.

Potremmo trasferirci in un'altra università, trasferirci in un altro stato, o persino in un altro paese.

Ma poi c'è la mia famiglia. Non posso semplicemente abbandonarli. Già normalmente li chiamo nei fine settimana, e probabilmente si stanno chiedendo perché non hanno avuto mie notizie.

È tutto così fottutamente complicato, e lui non ha nemmeno la minima idea di quanto questo potrebbe essere grave, per tutti noi.

«Ce l'hai con me?» chiede Luca. Si infila un paio di boxer e nient'altro.

Cerco di non fissare il suo petto nudo, ma il mio corpo reagisce anche quando non vorrei. È bellissimo, e non è un cattivo ragazzo; *suo padre è il mostro*.

Ma diventerà come lui se si unirà all'attività di famiglia.

Uno sparo soffocato riverbera attraverso le pareti. I miei occhi si spalancano per l'orrore e le mie mani tremano. Penso che sto per stare male. Hanno appena ucciso quel bambino innocente o l'uomo che volevano che io uccidessi?

Le lacrime mi offuscano la vista. «Non posso... non posso farlo. Non posso sposarti e fingere che vada tutto bene.»

Luca annuisce lentamente e mi attira a sé. «Allora tu ed io non fingeremo. Saremo onesti l'uno con l'altro. Sempre. Va bene?»

L'aria abbandona i miei polmoni mentre esalo un pesante sospiro.

Onesti.

Non è stato onesto con me riguardo a suo padre, la sua famiglia, la mafia.

«Non fingeremo,» ripeto, perché posso accettare di essere autentica con Luca. Sono sempre stata sincera con lui.

«Non tra di noi,» dice, chiarendo il suo pensiero. «Potremmo dover fingere davanti ai miei genitori e ai tuoi...»

Un altro sospiro, e questa volta apro la porta del bagno.

Lui si gira, spegne la doccia e mi segue in fretta.

Luca è silenzioso, ma è proprio dietro di me. «Mostrami quale stanza è la mia,» dico.

La sua fronte si corruga mentre mi conduce di nuovo nella *sua camera da letto*. «Non è sicuro per te dormire da sola.»

Non discuto. Probabilmente ha ragione. L'ultima cosa che voglio è che uno dei suoi uomini mi uccida nel sonno. «Va bene,» dico borbottando e mi dirigo verso il suo letto. Tiro indietro le lenzuola, ma lui è fuori nel corridoio.

Sto per chiedergli che diavolo stia facendo quando riporta le nostre borse in camera e chiude la porta silenziosamente, bloccandola.

«Niente scherzi,» dico indicando il materasso.

«Non oserei mai,» mormora. «Sono sicuro che riusciremo a condividere un letto come adulti.»

Lo fisso con sospetto, incerta su cosa stia insinuando. Sta forse dicendo che sono stata io a iniziare tutto questo casino? Posso aver trovato il bambino, ma ciò non giustifica quello che è successo. Suo padre ha rapito un bambino.

Non posso semplicemente lasciare correre.

Anche se dovesse costarmi la vita, non posso permettere che tenga un bambino in ostaggio. Solo che non so come far fuggire il piccolo quando c'è sorveglianza in tutta la villa e la mia stessa vita è in imminente pericolo.

A meno che non sia già morto.

Per un momento, trattengo il respiro, aspettando mentre Luca si infila sotto le coperte, il suo corpo accomodato accanto al mio. È sdraiato sul fianco, con il braccio sul cuscino, e mi guarda.

Sto tremando.

Il solo pensare a tutto questo è opprimente.

Luca mi attira a sé, avvolgendomi tra le sue braccia. È caldo contro la mia pelle fresca. Rabbrividisco e tremo, e lui cerca di darmi stabilità.

«Credi che il bambino sia morto?» sussurro, pregando che nessuno possa sentirci, ma devo chiederglielo. Ho bisogno di saperlo.

È impossibile che Luca non abbia sentito lo sparo mentre eravamo in bagno.

Scuote la testa. «È improbabile che abbiano ucciso il bambino. Non è così che opera mio padre,» dice con un sospiro triste. Solleva la mano e mi accarezza la guancia con il dorso del pollice.

«Come lo sai?»

Luca si ferma, considerando la mia domanda. «Sono cresciuto qui. Ha portato ostaggi altre volte.»

«Bambini?» chiedo.

«Non che io ricordi, ma non ero esattamente coinvolto nelle sue operazioni. Non dovremmo parlarne qui. Le pareti hanno orecchie,» mi ricorda.

Mi dà un bacio leggero sulla guancia. «Cerca di non preoccuparti.»

Non può essere serio. Come posso non preoccuparmi?

Domani, svicolerò fuori e andrò alla polizia. Dovranno aiutarmi, specialmente quando racconterò loro del bambino.

Luca mi tiene vicina, con il braccio attorno al mio fianco per tutta la notte. Trovo difficile riaddormentarmi, ma non esco dal letto. Ho troppa paura di vagare per la casa, anche solo per usare il bagno. È troppo pericoloso senza Luca al mio fianco. È l'unica cosa che impedisce a suo padre di uccidermi.

In qualche momento tra l'angoscia e l'alba, scivolo dentro e fuori dal sonno. Non è esattamente un riposo pacifico, ma riesco a dormire qualche ora.

Quando mi sveglio, Luca è ancora sdraiato accanto a me nel letto, ma è sveglio e mi osserva.

«Sei davvero bella quando dormi,» dice e mi attira più vicino, con il braccio attorno al mio fianco.

Delicatamente allontano il suo braccio dal mio corpo e, sebbene mi manchino il calore e la sua vicinanza, non possiamo fingere che tutte le cose orribili di ieri sera non siano accadute.

«Cosa faremo con la scuola, con i nostri corsi?» chiedo. Se Dante intende farci rimanere a casa sua fino a quando non saremo sposati, sarà problematico a meno che non ci sposiamo nei prossimi giorni.

«Fammi parlare con lui questa mattina e vediamo cosa dice.»

Esalo pesantemente e mi giro sulla schiena. «Va bene.» Non è che ci siano molte opzioni, e quelle che sto contemplando non possono essere dette all'interno di queste quattro mura.

Scendo dal letto e afferro la mia borsa, frugando alla ricerca dei vestiti da indossare.

«Quale porta è quella del bagno?» L'ultima cosa che voglio è inciampare in un altro incubo.

Luca è sdraiato sul materasso sulla schiena, con un braccio dietro la testa, osservandomi. «La terza porta, oppure potresti semplicemente cambiarti qui.» Mi sorride in modo suggestivo.

Gli lancio il mio reggiseno pulito. «Devo usare il bagno e non voglio finire nella stanza sbagliata. Puoi accompagnarmi lungo il corridoio?»

Lui maneggia il reggiseno e poi lo piega a metà. «Me lo tengo.»

«Perché? Ci sposiamo. Sono sicura che vedrai tutti i miei vestiti.»

Stringe le labbra, forse rendendosi conto che ho ragione. O forse pensa che stia recitando per qualsiasi telecamera o microfono nascosto nella casa.

Mi si blocca il respiro in gola.

«Cosa?» chiede Luca. Si mette seduto sul letto.

«La tua famiglia, ci ha sentiti ieri notte.» Lo fisso, inorridita.

«Non abbiamo detto niente...» I suoi occhi si spalancano quando realizza a cosa mi sto riferendo. Non alla nostra discussione dopo l'accordo che è stato fatto, ma alle nostre attività in camera da letto.

Luca scende dal letto e prende i suoi vestiti mentre io sto in piedi aspettando che mi indichi dov'è il bagno. «Gli abbiamo detto che siamo una coppia,» dice

Luca. «Sono sicuro che non hanno pensato nulla del fatto che abbiamo fatto sesso.»

«Ma ci hanno sentiti!»

Luca sorride. «Potrebbero averci sentiti. E chi se ne importa? Saranno tutti solo gelosi perché posso farti venire più volte.»

Gli do un colpetto sul braccio, sblocco la porta della camera e la spalanco. «Mostrami dov'è il bagno.»

Mi aspetta nel corridoio finché non ho finito. Quando termino, ci scambiamo di posto, e io aspetto che lui usi il bagno. Non si è preoccupato di portare i suoi vestiti per cambiarsi.

«Harper,» la madre di Luca corre lungo il corridoio.

Inspiro bruscamente e lancio un'occhiata alla porta del bagno, aspettando che Luca ricompaia. Farebbe meglio a sbrigarsi.

«Dante mi ha dato la notizia emozionante, ma devo chiedere, sei incinta?»

Mi si blocca il respiro in gola.

Dante sta correndo lungo il corridoio, arrivando alle spalle di sua moglie. Mi sta fulminando con lo sguardo e mette un braccio attorno al fianco della moglie. «Lasciamo soli i due piccioncini, d'accordo?»

«Sto solo cercando di conoscere meglio Harper. Se diventerà nostra nuora, mi piacerebbe avere un rapporto con lei. Che ne dici se noi ragazze andiamo a pranzo e facciamo una giornata alla spa questo pomeriggio mentre i ragazzi fanno quello che fanno loro per festeggiare il fidanzamento?» chiede Nikki.

La mia bocca rimane spalancata mentre guardo da Nikki a Dante.

È una trappola? Forse lei non ha idea di quello in cui è coinvolto suo marito. Ho così tante domande per Luca.

Lo sento armeggiare nel bagno e, finalmente, spalanca la porta del bagno.

«Che ne dici?» chiede Nikki. «Possiamo invitare anche Nova, se vuoi.»

Mi si blocca il respiro in gola. Nova. Sa dell'orrore che sta accadendo sotto questo tetto? Sa che suo padre lavora per la mafia?

Non posso proprio chiederglielo se Nikki sarà nei

paraggi. Guardo Luca, sperando che abbia qualche idea brillante per salvarci.

«Penso che una giornata tra ragazze sia una buona idea,» dice Luca, guardando me e poi sua madre.

È impazzito?

O forse capisce che sono più al sicuro con Nikki che con Dante? Almeno sarò fuori dalla prigione che loro chiamano casa. Forse posso sparire abbastanza a lungo da ottenere aiuto per il bambino, a meno che non possa fidarmi di Nikki.

Gli occhi di Dante si stringono, e lui forza un sorriso. Non sembra per niente naturale. «Che ne dici di darmi il tuo telefono, così posso assicurarmi che tu abbia il mio numero, nel caso ti servisse qualcosa.»

«È in camera da letto,» dico indicando la stanza di Luca.

«Certo. Me lo prenderesti, figliolo?» dice a Luca.

«Conosco il tuo numero di telefono. Lo metterò io nel suo telefono,» dice Luca, sfidandolo.

Dante intende usare il mio telefono per spiarmi? Non riesco a immaginare nessun'altra ragione per cui vorrebbe che avessi il suo numero.

Nikki mi prende per il braccio e mi conduce lungo il corridoio verso la scalinata. «Dante mi stava dicendo che resterete con noi per un po', il che penso sia fantastico, ma entrambi avete lezioni da seguire. La vostra istruzione è importante per noi.»

«Certo,» dico, contenta che almeno Nikki sembri essere ragionevole. «Speravo che potessimo venire solo nei fine settimana.»

Un'espressione strana le attraversa il viso. «Certamente, Harper. Qualunque cosa vogliate. Spero che mio marito non ti abbia spaventata costringendoti ad accettare l'invito a stare qui.» Nikki lo fulmina con lo sguardo da sopra la spalla. «A volte può essere un po' brutale.»

Eufemismo del secolo.

Scendo le scale accanto a Nikki.

Dante e Luca sono proprio alle mie calcagna.

«Forse dovremmo uscire tutti a pranzo per festeggiare il fidanzamento,» insiste Dante.

«Noi andiamo a fare shopping e forse anche alla spa. Vuoi davvero venire con noi a farti fare le unghie?» Nikki fissa suo marito, e lui annuisce.

«Portate Moreno con voi.»

«E questo garantirà che Nova non verrà con noi,» dice Nikki più a se stessa che a me. «Va bene.» Non sembra discutere con lui.

Scendiamo di sotto, e mi rendo conto che ho solo i tacchi che ho portato. Ho dimenticato di portare un secondo paio di scarpe. Indosso jeans blu e un maglione. Le scarpe sono un po' scomode, ma almeno non devo correre attraverso la foresta. Luca mi ha salvato il culo con le sue enormi scarpe da tennis.

Le sue scarpe sono sparpagliate vicino alla porta sul retro, le mie sono sistemate ordinatamente accanto alle sue.

Prendo le mie scarpe e il cappotto mentre lei mi mostra un'altra uscita della casa, apparentemente dove è attaccato il garage.

Luca è praticamente la mia ombra mentre mi metto i tacchi. «Se hai bisogno di qualsiasi cosa, chiamami.»

Annuisco lentamente. Se mi sta mandando con sua madre, allora presumo che si fidi di lei. Mi avvicino a lui, dandogli un abbraccio, sperando che questa non sia l'ultima volta che lo vedo.

Nikki mi terrà al sicuro, vero?

Moreno viene avanzando lungo il corridoio, indossando il suo famoso completo e le lucide scarpe nere. Si ferma vicino alla porta del garage, prende un mazzo di chiavi appese alla rastrelliera.

Le labbra di Luca sfiorano le mie. So che è tutta scena. Sua madre ci sta guardando. Deve pensare che siamo follemente innamorati se siamo fidanzati.

Il suo respiro è caldo, le sue dita mi tirano più vicino a lui e il mio corpo si rilassa istantaneamente, dimenticando momentaneamente la preoccupazione e il dolore che mi torturano dall'interno.

Lo sento gemere, e interrompo il bacio prima che vada oltre.

Luca sfiora il mio orecchio con le labbra. «Moreno è lì per tenerti al sicuro.»

Non sono sicura di essere d'accordo con la sua valutazione, considerando che l'uomo voleva vedermi morta meno di dodici ore fa. Tutti quegli uomini avevano ordini di uccidermi.

Immagino che mi stia seguendo per assicurarsi che non tiri fuori la storia del bambino rapito nel seminterrato. O forse pensa che fuggirò e svelerò il fatto che fa parte della mafia e che ieri notte ha ucciso qualcuno.

Ci devono essere prove di un cadavere, sangue, una scena del crimine.

Anche se potessi provare a chiamare o mandare un messaggio alla polizia, cosa direi esattamente? Che prove ho? Il bambino è ancora al piano di sotto o l'hanno spostato in un altro luogo?

Non conosco nemmeno il nome del ragazzino. Con tutta la fretta di ieri sera, non gliel'ho chiesto. Sono semplicemente fuggita con lui a piedi e sono riuscita a farci catturare entrambi. Potrei provare a cercare persone scomparse su Google News e vedere se ci sono articoli di cronaca locale.

Ma ho il sospetto che questo ragazzino non sia stato denunciato come scomparso. Non ho visto nessun allarme *Amber* comparire sul mio telefono. Guardo le notizie, ascolto la radio e non ci sono state recentemente storie di bambini rapiti.

«Stai attenta,» sussurra e poi bacia le mie labbra. «Ti amo, tesoro.» Le parole escono dalla bocca di Luca suonando naturali e per niente studiate.

«Ti amo anch'io.» Mi sforzo di sorridere. «Ci vediamo dopo.» Gli stringo la mano prima di seguire Nikki e Moreno nel garage. Ci sono diversi veicoli, e lui preme il pulsante per sbloccare la berlina scura con i vetri oscurati. Le luci lampeggiano quando preme il pulsante sul telecomando, e mi dirigo verso il sedile posteriore.

Nikki fa lo stesso, camminando verso il lato opposto.

Sono sorpresa che non si sieda sul sedile anteriore accanto al padre di Nova.

«Non vuoi sederti davanti?» chiedo, salendo sul sedile posteriore. Speravo in un po' di privacy per poter dare un'occhiata al mio telefono durante il viaggio.

Nikki sorride e scuote la testa. «Vedo questo tipo tutti i giorni. Voglio conoscere la mia futura nuora,» dice e allaccia la cintura di sicurezza. «A proposito, spero che mi chiamerai mamma.»

L'aria mi esce dai polmoni, e mi sforzo di sorridere.

Moreno mi guarda dallo specchietto retrovisore mentre guida. Se dico qualcosa di sbagliato, ho la sensazione che non avrà rimpianti a premere il grilletto.

«Devo dire che sono sorpresa dal fidanzamento,» ammette Nikki. Si è girata leggermente sul sedile, con l'attenzione completamente rivolta verso di me. «Sei sicura di non essere incinta?»

«Siamo stati attenti,» dico. «Ti prometto che non è questo il motivo per cui stiamo affrettando questo matrimonio.»

Alza un sopracciglio, come se avessi detto esattamente ciò che voleva sentire.

«Allora perché state affrettando questo matrimonio?» chiede Nikki, in attesa di una spiegazione.

Non so se posso fidarmi di lei. Sembra sincera, ma con Moreno seduto davanti, non posso esattamente dirle la verità o chiederle del bambino tenuto nel loro seminterrato.

Non sa cosa fa suo marito per vivere?

Deve saperlo. Ci sono uomini che vivono sotto il suo tetto con loro. Non è un matrimonio tipico o una casa familiare normale.

Nikki inclina leggermente la testa, ancora in attesa della mia risposta.

«Amo tuo figlio,» dico, sperando che sia una ragione sufficiente.

Nikki si spinge una ciocca dei suoi capelli corvini dietro l'orecchio. Mi sta studiando, ma non sono sicura del perché. Pensa che le stia mentendo?

«Lo conosci appena. Da quanto tempo state insieme?» chiede Nikki. «Perché affrettare le nozze?»

«Perché quando sei innamorata, sai che è la cosa giusta. Nessuno di noi vuole aspettare. So che sembra una decisione avventata, questa di sposarci, ma siamo entrambi adulti.»

Nikki ride. «Insomma. Quanti anni hai, diciotto, diciannove?» indovina.

«Diciotto,» dico.

«Sei appena un'adulta.» Nikki guarda davanti verso Moreno. «Cosa diresti se tua figlia ti dicesse che sta per sposarsi?»

Lui si schiarisce la gola, e la sua mascella si irrigidisce. «Non si tratta di Nova,» dice e mi lancia un'occhiataccia dallo specchietto retrovisore. È un avvertimento.

Sto facendo il possibile per convincere Nikki, che è la moglie di Dante. Non riesco nemmeno a immaginare come andrà quando dovrò dirlo ai miei genitori.

Il mio stomaco si stringe per l'ansia al solo immaginare la loro delusione. Tendo a deluderli spesso. Gioco nervosamente con la mia borsa sulle ginocchia, le dita inquiete quanto lo sono io interiormente.

«Amo Luca,» dico, e sono sorpresa di quanto suoni convincente ad alta voce. «È fantastico. Hai fatto un ottimo lavoro nell'educare tuo figlio, e so che siamo entrambi giovani, probabilmente folli, ma vogliamo questo. Lo vogliamo entrambi.»

Nikki scuote la testa. «Non sono ancora convinta.» Esala un sospiro. «Cosa hanno detto i tuoi genitori quando gli hai dato la notizia del fidanzamento?»

«Non l'ho fatto,» ammetto. «È successo tutto così all'improvviso.»

Guarda la mia mano in cerca di un anello e nota l'assenza di qualsiasi fascia di fidanzamento. «Raccontami come ti ha fatto la proposta mio figlio.»

Moreno si sposta a disagio sul sedile anteriore mentre ci porta più vicino alla nostra destinazione. Posso vedere il ristorante in lontananza, ma ci sono diversi semafori lungo il percorso, e siamo fermi a un lungo semaforo rosso che non vuole cambiare.

«Si è inginocchiato.» La bugia mi scivola facilmente dalle labbra. Non è difficile da raccontare. Ho visto abbastanza film romantici per presumere che Luca probabilmente avrebbe fatto lo stesso.

«Senza un anello?» chiede Nikki, e io sospiro.

«Lo stiamo facendo adattare.»

Scuote la testa, non credendomi. «Ho accesso ai conti di mio figlio, Harper. Non puoi mentirmi.»

Stringo le labbra e annuisco debolmente. «Mi dispiace,» dico, rapida a scusarmi. «Vuole prendermi un anello. Gli ho detto che non importa, che non dobbiamo fare niente di sfarzoso, né l'anello né il matrimonio. Sarei felice se andassimo semplicemente in municipio a scambiarci le promesse.»

Mi osserva per un lungo momento, forse decidendo se sto dicendo la verità.

«Io e Dante saremmo felici di fornire le fedi nuziali se entrambi approviamo il vostro matrimonio.»

Sono abbastanza sicura che Dante non farà obiezioni. Nikki, invece... il verdetto è ancora incerto, e quanto ai miei genitori, potrei dover sposarmi senza la loro benedizione.

«Non hai ancora parlato con mio marito,» dice Nikki, con un sorriso teso sulle labbra. «Di solito è lui quello che ha bisogno di essere convinto in questo tipo di situazioni.»

«Luca propone matrimonio a molte ragazze?» Dubito che intenda questo, ma non riesco a capire cosa stia cercando di dire. Sta cercando di essere criptica intenzionalmente?

Nikki ride, colta alla sprovvista dalla mia domanda. «Certamente no. Ma Dante è un uomo molto tradizionale,» dice, come se questo spiegasse tutto. «Vorrà assicurarsi che condividiate gli stessi valori prima del matrimonio.»

«Come religione e politica?» Sto tirando a indovinare cosa stia cercando di dire.

«Beh, anche quello.» Nikki annuisce e agita la mano, liquidando la questione. «Affronteremo tutto questo più tardi. Ora, voglio sentire il resto della proposta.»

Moreno si ferma davanti al ristorante. «Non sarebbe meglio sentirla durante la cena, con entrambi presenti?» chiede Moreno.

È la prima volta che sono grata per il suo intervento.

Sta cercando di aiutarmi veramente, o vuole solo evitare che io debba ripetere la mia storia e fare pasticci mentre Luca offre la sua versione dei dettagli?

Nikki sbuffa mentre Moreno scende dal veicolo e gira intorno per aprirle la portiera. Lei esce per prima, e poi io scivolo attraverso il sedile posteriore, uscendo dalla stessa portiera.

«Vi raggiungo dentro, ragazze,» dice Moreno.

Neanche un momento di pace. Beh, forse uno o due.

Moreno chiude la portiera dell'auto dietro di noi, e io entro nel ristorante con Nikki, prenotando un tavolo per due.

«Per tre,» mi corregge Nikki.

«Speravo che si sedesse al bar,» mormoro sottovoce mentre la cameriera prende tre menu e ci accompagna a un tavolo nell'angolo più lontano del ristorante. Nikki si siede di fronte a me, il che risulta comunque intimo.

Il posto è elegante, con tovaglie bianche e tovaglioli di stoffa ripiegati.

Non ho particolarmente fame, il che ha poco a che fare con l'ora e più con ciò che è accaduto la scorsa notte. Ma si aspetteranno che mangi. È quasi l'ora di pranzo e ho già saltato la colazione.

Il menu non ha prezzi, il che mi dice tutto quello che devo sapere. Questo posto è incredibilmente costoso. Spero solo che Moreno o Nikki abbiano intenzione di pagare il conto.

Ho una carta di credito per le emergenze che mi hanno dato i miei genitori, quindi suppongo che se il conto venisse diviso in tre parti... sì, sono fregata.

«Parlami di te,» dice Nikki. «Se non vuoi raccontarmi la storia della proposta fino a cena, voglio conoscerti. È per questo che ho insistito perché uscissimo insieme oggi, solo noi ragazze.»

Mi mordo la lingua sul commento *noi ragazze*, perché Moreno non è decisamente una ragazza. Lui è con noi solamente per assicurarsi che io non faccia cazzate.

«Sono una matricola all'Evergreen. Io e Luca frequentiamo la stessa classe di Economia 101.»

«È così che vi siete conosciuti?»

Annuisco e allungo la mano verso il bicchiere d'acqua, prendendo un sorso. Mi sento già assetata, ma almeno attenersi alla verità è facile.

«Sì, continuava a sedersi accanto a me in classe, volendo prendere in prestito i miei appunti, e accompagnandomi alla lezione successiva quando finivamo economia.»

«È dolce.» Nikki sorride, e posso sentire il suo genuino calore irradiare verso di me. «Dimmi di più. Come siete passati dalle lezioni a questo?» Gesticola verso di me, volendo più dettagli.

«Ho avuto difficoltà con alcuni dei concetti base del corso. Luca è molto intelligente.» Non devo mentire. È vero, se la sta cavando molto meglio di me nel corso di economia. «Mi ha aiutata a studiare dopo le lezioni. È sempre in grado di spiegare tutto ciò che abbiamo imparato in classe in un modo che posso effettivamente capire. Giuro, dovrebbe essere un professore. Abbiamo iniziato ad avere queste sessioni di studio, solo noi due...»

«Oh?» Nikki solleva un sopracciglio e alza una mano. «Non ho bisogno dei dettagli sessuali. Per favore, lasciali fuori.»

Non posso fare a meno di ridere. Nulla di sessuale è accaduto durante le nostre sessioni di studio, ma forse il fatto che lei lo pensi aiuta a rendere tutto più credibile. Sorrido senza vergogna e attorciglio una ciocca dei miei capelli, cercando di fare la civettuola mentre fingo di pensare a Luca in modo sessuale.

Il che non è davvero così difficile dopo la scorsa notte. Il solo ricordo delle sue labbra che baciavano ogni centimetro del mio corpo e del suo cazzo che mi faceva impazzire è sufficiente a risvegliare i sentimenti sepolti dentro di me.

Dopo un secondo, rido, sperando che forse le mie guance arrossate la aiutino a credere alla storia. «Beh, allora sono sicura che ti sei fatta l'idea. Abbiamo studiato, lui mi ha aiutata a superare l'esame. Onestamente, Luca è un ragazzo davvero fantastico. È il migliore in assoluto e mi rende felice.»

Tutte verità universali.

Lui mi rende felice.

La maggior parte del tempo.

Moreno entra ancheggiando, e mi rendo conto che il momento di farle domande personali e segrete è ormai passato. Dannazione, avrei dovuto essere io ad avere il controllo.

«Cosa mi sono perso?» chiede Moreno mentre prende posto al tavolo accanto a me.

«Solo noi ragazze che discutiamo della vita amorosa di Harper.» Mi fa l'occhiolino, e trattengo un gemito. «Quindi, presumo che tu sia stata alle sue partite di hockey. Sei un'appassionata di sport?» chiede Nikki. «Sai quanto mio figlio ami l'hockey.»

«Non ero davvero interessata allo sport nemmeno da piccola, ma Luca sembra stia cambiando questa cosa. Sono andata alla mia prima partita di hockey questo semestre.»

Non è affatto una bugia. Anche se non sono rimasta esattamente fino alla fine della partita. È stato brutale vedere Luca prendere un sacco di botte. Non voglio far preoccupare Nikki, però, quindi mi attengo alle basi.

«Cosa ne pensi?» mi chiede, volendo la mia opinione sincera.

«È uno sport brutale.» Un'altra facile verità. Nessuno può dire che l'hockey sia delicato.

Nikki ride. «Concordo. Ma non c'è stato modo di impedirgli di giocare. È sui pattini da quando aveva quattro anni.»

«Wow.» Sono sorpresa che sia interessato da così tanto tempo a quello sport. Non gli ho mai chiesto dell'hockey, principalmente perché odio lo sport e non pensavo davvero che saremmo diventati più che amici.

«Chi l'ha avvicinato all'hockey?» chiedo.

«Sicuramente non mio marito.» Nikki si sforza di ridere, e Moreno alza gli occhi al cielo.

«Dante odia l'hockey,» dice Moreno, unendosi alla conversazione.

«Non ama l'idea che suo figlio si faccia male,» dice Nikki, difendendo suo marito. «L'ho portato a pattinare sul ghiaccio da piccolo, e gli è piaciuto moltissimo. Luca aveva un talento naturale per il ghiaccio, e sulla strada di ritorno dalla pista ha visto alcuni bambini giocare a hockey su ghiaccio. Aveva sei anni all'epoca e pensava che sembrasse molto divertente. Ci ha supplicato di iscriverlo.»

«Dante non era contento,» dice Moreno, con un'espressione cupa. «Ma Luca ha supplicato di poter giocare come regalo di Natale e, beh, gli darebbe qualsiasi cosa.»

Mi chiedo se lo stesso Dante esista ancora dentro quel mostro freddo e calcolatore. Era già nella mafia allora, o vi è entrato quando Luca era bambino?

Questa non è una domanda che farò a Moreno o Nikki.

«Dante ancora non è entusiasta che Luca giochi a hockey. Si preoccupa solo che suo figlio possa farsi male,» dice Nikki.

Moreno le lancia un'occhiataccia. Ho la sensazione che ci sia di più di una semplice preoccupazione per la sua salute generale, ma non insisto sulla questione. So come comportarmi quando è coinvolto Moreno. Non ha intenzione di aiutarmi.

«Basta parlare di Luca. Avrei pensato che te l'avesse già raccontato,» dice e mi squadra. «Quindi, non ti interessano molto gli sport. Hai mai praticato qualche sport da bambina?»

«Il bowling conta?»

Questo strappa una risatina sia a Moreno che a Nikki.

Non avrei mai pensato di vedere Moreno rilassarsi, ma suppongo che anche i cattivi possano ridere una volta nella vita.

La cameriera si avvicina e ordiniamo il pranzo. Sono sollevata per la pausa dalle domande. Sembra un interrogatorio molto blando. Il che non è una sorpresa, dato che sono stata invitata a pranzare da sola con Nikki.

Ma non siamo molto sole, considerando che Moreno si è unito a noi. Perché non abbiamo lasciato venire anche Luca? Avrebbe reso l'esperienza almeno un po' più piacevole.

Continuo a pensare a quel bambino nel seminterrato. Nikki sembra abbastanza gentile, ma non sono sicura di potermi fidare di lei.

Mi scuso per andare in bagno, portando la borsa con me. È a pochi passi dal nostro tavolo, e apprezzo il fatto che sia un bagno per una sola persona e posso chiudere e bloccare la porta.

In realtà non devo andare. Ho solo bisogno di una pausa da tutte le domande. Metto la mano nella borsa, frugando alla ricerca del mio telefono.

Non è lì.

Luca ha preso il mio telefono per inserire il numero di Dante e si è dimenticato di restituirmelo?

Cavolo. Non credo di averlo preso dalla camera prima di uscire. Bene, è andata ogni possibilità di cercare aiuto per il ragazzo.

Brontolando, non posso neanche provare a cercare informazioni sul bambino scomparso. Mi guardo intorno nel bagno. C'è un tovagliolo di carta che potrei usare per scrivere, forse lasciare un messaggio a qualcuno per chiedere aiuto, ma cerco e non c'è nemmeno una penna nella mia borsa.

Di solito porto una penna con me.

Strano.

Qualcuno ha rovistato tra le mie cose prima che lasciassi la casa? Mi sento stranamente sospettosa, ma potrebbe essere solo una coincidenza. Forse ho usato la penna e mi sono dimenticata di rimetterla con le mie cose.

Finisco in bagno ed esco, tornando al tavolo. Nikki e Moreno stanno chiacchierando amichevolmente di me, a quanto pare.

«Stavo giusto dicendo a Moreno quanto è bello conoscere una fidanzata di Luca. Non ha mai portato ragazze a casa prima. Dovremmo invitare i tuoi genitori a cena con noi il prossimo fine settimana.»

«Il prossimo fine settimana?» La mia voce si strozza in gola.

Non sono pronta a parlare ai miei genitori di Luca o del fidanzamento. E fare tutto questo nei prossimi giorni è vertiginoso. Allungo la mano verso il bicchiere d'acqua, avendo bisogno di un altro sorso.

«Sì, a meno che non abbiano già impegni. Allora possiamo provare il fine settimana successivo,» insiste Nikki. «Sono sicura che abbiano del tempo libero. Immagino che vogliano conoscere la famiglia con cui si sposerà la loro figlia.» Nikki dice queste parole con un sorriso caloroso, ma non posso fare a meno di chiedermi quanto sappia.

Moreno mi fissa dritto negli occhi. «Ha ragione, sarebbe bello per le nostre famiglie incontrarsi, conoscersi a vicenda.»

Non so perché, ma sento che quella è una minaccia, il suo desiderio di incontrare la mia famiglia. Ha già chiarito che se non sposo Luca, sono morta.

L'ultima cosa che voglio è mettere la mia famiglia in pericolo. Non hanno fatto nulla di male. «Non sono sicura che saranno felici del nostro fidanzamento,» ammetto.

«Su questo siamo d'accordo,» dice Nikki, fissandomi. «Ma tu mi piaci, Harper. Sembri una brava persona. Vorrei solo che tu e mio figlio aspettaste un po' di più prima di lanciarvi nel matrimonio.»

Come posso dirle che non è stata una mia idea? E sebbene possa essere stata un'idea di Luca, è stata fatta unicamente per proteggermi.

Lui non vuole sposarmi.

Come potrebbe? Siamo entrambi ancora all'università. Ci conosciamo a malapena. Abbiamo solo scalfito la superficie e non siamo ancora usciti per il nostro primo vero appuntamento.

Avevamo in programma di farlo questo fine settimana, dopo il mio ritorno dalla festa di compleanno di Nova. Non so quando mi sarà permesso di andarmene.

Quando non dico nulla, Moreno finalmente interviene.

Non ho la minima idea di quali parole usciranno dalle sue labbra, ma mi fissa e annuisce. «Sta seguendo il suo cuore.»

«Tu approvi il loro fidanzamento?» chiede Nikki, guardando Moreno con insistenza. «Non la penseresti così se si trattasse di tua figlia.»

«Nova non si sta sposando,» afferma Moreno con tono categorico. «Qui non si tratta di *lei*.»

È quasi come se non fossi seduta al tavolo, e francamente, andrebbe bene così. Sarei più felice di lasciarli parlare di me piuttosto che dover difendere i motivi per cui sto sposando Luca.

Moreno mi dà un calcio sotto il tavolo, e io tossisco, allungando la mano verso il bicchiere d'acqua.

È sempre così stronzo? Nova non ha mai parlato dei suoi genitori, almeno non in termini violenti. D'altra parte, nemmeno Luca l'ha fatto.

Bevo un sorso e poi guardo entrambi. «È questo ciò che mi aspetta, i miei genitori che litigano quando annunciamo il nostro fidanzamento?»

Nikki ride. «Non siamo sposati.» È rapida nel ricordarmi che non sono una coppia.

Sì, beh, anche Luca e io siamo appena una coppia. Guarda come sta andando. Mi mordo la lingua ed evito di dire la cosa sbagliata.

«Nikki è solo preoccupata che tu stia sposando suo figlio per i motivi sbagliati,» dice Moreno, fulminandomi con lo sguardo.

«Non mettermi parole in bocca,» lo rimprovera Nikki.

La donna è un po' una testa calda.

A dire il vero, mi piace.

Forse possiamo andare d'accordo. Se parla a Moreno in questo modo, posso solo immaginare che lingua tagliente abbia con il suo marito mafioso.

La cameriera porta il cibo al tavolo, e io fisso la mia pasta, con lo stomaco in subbuglio. Non riesco a mangiare. L'odore del cibo è opprimente, e mi scuso, correndo di nuovo verso il bagno.

Ma questa volta sento Nikki mentre mi allontano in fretta. «Sei sicuro che non sia incinta?»

Non sono assolutamente incinta. Sono passate dodici ore da quando Luca e io siamo finiti a letto insieme. Abbiamo usato un preservativo, prendo la pillola, e i sintomi della gravidanza non compaiono così velocemente.

No, questo è al cento per cento un attacco di panico perché sono costretta a sposare un uomo il cui padre gestisce una cosca mafiosa.

Apro l'acqua del lavandino e mi ci piego sopra, le mani che stringono la porcellana mentre fisso l'acqua che scorre.

Ansimando, cerco di rallentare il respiro, il battito cardiaco e il milione di pensieri e paure che mi attraversano la mente.

Non è solo la mia vita che sta andando a puttane.

Vorrei davvero avere il mio telefono per mandare un messaggio a Luca. È l'unica persona che capisce quello che sto passando. Anche lui lo sta vivendo.

Non sono sola.

Eppure, in questo momento, mi sento così, completamente, totalmente sopraffatta. Mi sciacquo il viso con l'acqua fredda, sperando che le mie guance rosee tornino al loro colore normale.

Mi sento calda, sudata e nauseata.

Ma non credo che vomiterò davvero.

È solo la paura che mi attraversa come una corrente elettrica senza via d'uscita. Sto bruciando dentro, e non nel modo divertente e formicolante di quando sono eccitata. Questa sensazione mi punge la pelle, i muscoli, inviando segnali di dolore dal cervello fino alle dita dei piedi.

Tutto fa male.

È una dannata agonia, e non mi hanno fatto nulla.

La mafia non mi ha toccato fisicamente. Certo, mi hanno immobilizzata ieri sera, hanno minacciato di uccidermi, ma sono senza cicatrici reali.

Emotivamente, però, sono un disastro.

Come lo spiegherò ai miei genitori? Non accetteranno mai Luca, certamente non dopo averlo conosciuto per un semestre.

E i suoi genitori? Ho paura di presentare la mia famiglia a loro. E se vedessero oltre l'orrore e si rendessero conto che quei mostri che si nascondono nell'ombra diventeranno la mia famiglia?

Non accetteranno Luca se avranno anche solo un minimo sospetto di ciò che sta succedendo.

E anche se non lo avranno e tutto andrà liscio, c'è poca possibilità che siano felici alla notizia del nostro fidanzamento.

Posso fingere molte cose, ma far finta di essere entusiasta per un matrimonio che nessuno di noi vuole... loro lo capiranno.

C'è un leggero bussare alla porta del bagno.

«Occupato!» grido.

«Tutto bene lì dentro?» chiede Nikki attraverso la porta.

No, non sto affatto bene. Ma non posso dirglielo, non con Moreno che mi fissa al tavolo del ristorante. Considero le mie opzioni; nessuna è ideale, e alla fine, apro la porta del bagno, lasciandola entrare con me.

«Sto avendo un attacco di panico,» confesso, guardandola negli occhi, pregando che non insista a chiedermi il perché.

Lei prende le mie mani tra le sue. «Perché sei in panico?» mi chiede, con voce calma, ferma, concentrata completamente su di me.

Siamo solo noi due. Potrei dirle tutto: del ragazzo nel seminterrato, del matrimonio forzato, che suo marito è della mafia... ma invece, scuoto la testa, tremando.

«Sono sopraffatta,» dico.

È la verità, ma è una verità più silenziosa, rispetto ai veri motivi per cui mi sento così.

«Per via del matrimonio?» mi chiede.

«I miei genitori andranno fuori di testa quando glielo dirò. Non hai idea di quanto siano premurosi, ma questo... li distruggerà.»

Nikki annuisce lentamente, e il suo respiro è leggero e calmo. «Respira con me,» mi dice, indicandomi quando inspirare, trattenere, ed espirare.

Faccio fatica a respirare, il cuore mi batte all'impazzata, ansimo in cerca d'aria.

Le sue mani mi avvolgono i fianchi per sostenermi. «Proviamo qualcos'altro. Il grounding,» dice.

Annuisco e tremo, il mio interno comincia a sentirsi come gelatina.

«Nomina tre colori che vedi.»

«Beige,» sussurro, fissando le piastrelle del bagno sulle pareti.

Lei annuisce in segno di approvazione. «Cos'altro?»

«Grigio e bianco,» dico, studiando il colore marmorizzato e il motivo a spirale del lavandino in porcellana. Il mio respiro sta diventando meno irregolare.

«Bene. Dammi altri due colori.»

«Verde oliva,» dico, fissando il dispenser di sapone, «e rosa.» Il sapone è di una brutta tonalità di rosa neon.

Un sorriso si accenna all'angolo delle sue labbra. «La terapia mi ha insegnato a lavorare sull'ancorarmi quando le cose diventano... opprimenti,» dice. Chiude il rubinetto, che è rimasto aperto per tutto il tempo in sottofondo.

Si sente un deciso bussare alla porta del bagno.

«Stiamo bene, Moreno,» grida Nikki attraverso la porta spessa.

«Controllavo .» Posso immaginarlo brontolare e tornare al suo posto al tavolo.

«C'è qualcos'altro che ti preoccupa?» chiede Nikki.

Questo è il momento di dirle la verità sul ragazzo di ieri sera. Il bambino rinchiuso in una gabbia nel seminterrato.

Alzo lo sguardo, incontro il suo, ma le parole non escono.

È la moglie di Dante, e vorrei fidarmi di lei, ma non sono sicura che sarebbe in grado di aiutarmi se ci provassi. Moreno ci sta aspettando.

Inoltre, deve sapere in cosa è coinvolto il marito; non è possibile che una donna intelligente come Nikki non sia a conoscenza di ciò che accade sotto il suo tetto.

Ieri sera siamo stati cacciati di casa quando presumo abbiano portato il bambino nel seminterrato-prigione. Dubito che abbiano cacciato anche lei dalla sua stessa casa.

Sa di lui?

Non mi sembra il tipo da essere coinvolta con la mafia. Di primo acchito, sembra una madre decente, preoccupata per suo figlio, che vuole sapere perché ci stiamo precipitando in un matrimonio quando ci siamo appena conosciuti.

Ma sono riluttante a fidarmi di lei.

È sposata con lui. Deve sapere qualcosa. Non vivi in una casa con decine di uomini che pattugliano la proprietà senza farti domande.

O, nel mio caso, senza curiosare in giro.

Non che avessi intenzione di sgattaiolare e cercare qualcosa, oltre al cucciolo piagnucolante che pensavo di aver sentito. Immagino che i Ricci non abbiano animali domestici.

«Qualsiasi cosa?» chiede di nuovo Nikki, lasciando la presa su di me ora che sono stabile, ancorata e mi sento meglio. «Siamo solo noi due.»

Siamo solo noi due, ma non posso fidarmi di lei a meno che lei non si fidi prima di me.

Non mi ha dato alcuna indicazione che senta la sua vita in pericolo. Non mi sta dicendo di scappare, di proteggere me stessa o Luca. Vorrei fidarmi di lei, ma mi chiedo se sia una sciocca speranza a spingermi ad aprire le labbra.

Non esce nessuna parola.

Forse è meglio così.

La paura mi fa restare in silenzio, impedendomi di fidarmi di sua madre.

Non posso fare a meno di rendermi conto che quando sono uscita oggi con Nikki, l'intero pomeriggio era già programmato. Dal ristorante alla giornata alla spa, che ora sto cominciando a rimpiangere.

Dante si è assicurato che non andassi da nessuna parte senza un teppista della mafia che mi seguisse.

Non mi è mai stato chiesto dove volessi mangiare o che tipo di cibo mi sarebbe piaciuto prendere. Moreno ha preso la decisione per noi, o forse Dante l'aveva presa prima che partissimo.

Sarà così anche al campus?

Moreno o un altro degli uomini di Dante che prendono decisioni per me, che mi seguono ovunque, la mia ombra costante e inevitabile?

«Pensi di essere pronta a tornare al tavolo?» chiede Nikki di fronte al mio silenzio.

«Sì,» sussurro, sperando di riuscire a mandare giù qualche boccone di pasta.

«Bene. Cerca di non stressarti troppo. So che le cose potrebbero farsi un po' difficili, ma ti prometto che sono qui per te,» dice Nikki.

Vorrei crederle, ma non sono sicura di poterlo fare. L'unica persona di cui mi fido è Luca, ma non posso nemmeno contattarlo perché non ho il mio telefono.

TREDICI

LUCA

Nova mi viene incontro a testa bassa, poi mi afferra il braccio, trascinandomi fuori dal corridoio e dentro l'armadio. L'armadio è enorme e, sebbene sia stato progettato per cappotti e scarpe, c'è una nicchia sul retro con una finestra di vetro colorato che dà sul cortile interno.

La luce naturale filtra attraverso la finestra, facendo sì che nessuno di noi sia letteralmente al buio.

«Stai bene?» le chiedo, percependo la sua angoscia. Non sono sicuro di cosa la preoccupi tanto.

«Dov'è Harper?» chiede Nova, con la voce che le si blocca in gola. «Non riesco a trovarla da nessuna parte, e ieri sera è successo un casino. Sai cosa è successo? Rhys è rimasto fuori dalla mia porta e non mi ha permesso di lasciare la stanza.» È in preda al panico, e non posso biasimarla.

Sento il panico che mi assale dalla scorsa notte, e l'angoscia non è ancora svanita. Mi sentirò meglio quando sarà tornata a casa, o almeno qui nella tenuta.

«È uscita con mamma,» dico.

«Tua madre o la mia?» chiede Nova, con le sopracciglia aggrottate mentre cerca di elaborare l'informazione. «E perché sta passando del tempo con una delle nostre madri?»

«Mia madre,» chiarisco e faccio una smorfia. Non sono sicuro di quanto dire a Nova. «Ieri sera è andata molto male.»

«Cazzo.» Nova chiude gli occhi e si stringe il ponte del naso. «Non avrei mai dovuto invitarla qui, è stato stupido da parte mia.»

Vorrei essere d'accordo con Nova. In parte è colpa sua se siamo in questo pasticcio, ma non le addosserò la colpa. Siamo tutti responsabili.

«Ormai è fatta,» dico. Non possiamo cambiare il passato, per quanto desideri che fosse una settimana fa, o anche solo qualche giorno fa.

«Cosa diavolo è successo ieri notte? Lo sai? Ho sentito uno sparo.»

La guardo in modo significativo. «L'abbiamo sentito tutti. Sono abbastanza sicuro che sia stato Caden a essere colpito.»

«Un fottuto capo?» Nova spalanca la bocca. «Non è possibile. Tuo padre non avrebbe ordinato la sua esecuzione.»

«Ha detto a Harper che sono della mafia.»

«Santo cielo,» esclama e inizia a camminare avanti e indietro per l'armadio. «Dov'è Harper adesso?»

«Con mia madre,» ribadisco. Pensavo di averglielo già detto, ma è in panico, e io sto facendo del mio meglio per mantenere la calma. «Harper è finita nella cantina-prigione.»

«Non ci credo!»

La rimprovererei se non usassi lo stesso linguaggio. «C'è un problema ancora più grande.»

«Più grande di Harper... oddio, la tengono prigioniera di sotto? No, aspetta, hai detto che è con tua madre.» Sta cercando disperatamente di stare al passo. «Come è passata dall'essere testimone della prigione a passare il tempo con tua madre?»

«Dovrai sederti per sentire questa.» Indico la panchina vicino alla finestra. È di legno, non il massimo della comodità, ma andrà bene.

A disagio, si siede e stringe le mani insieme, ma è irrequieta.

Posso percepire il nervosismo che emana, e sono afflitto dalla stessa quantità di senso di colpa che deve provare Nova.

«Harper ha sentito un pianto e ha vagato nel seminterrato ieri sera. Si è scoperto che mio padre tiene in ostaggio un bambino.»

«Tuo padre è incredibile!» Nova balza in piedi.

Le indico di sedersi di nuovo.

«Non è tutto?»

«Pensi che Harper sarebbe semplicemente tornata a letto dopo una cosa del genere?» le chiedo.

Gli occhi di Nova si spalancano mentre realizza che deve essere successo qualcosa di peggio. Attende che io finisca la storia.

«Harper ha cercato di fuggire con il bambino. Ho tentato di aiutarla, ma è stata catturata vicino alla recinzione e riportata qui. La parte peggiore è che mi è stato ordinato di ucciderla, e Ashton aveva ordini da mio padre di uccidere sia me che lei se non l'avessi fatto.»

Nova è seduta sul bordo della panchina, le mani che stringono il sedile. «Ovviamente non l'hai uccisa.»

«Sta bene, più o meno,» dico con un respiro pesante. «Dante voleva che lei uccidesse Caden. Non ha la stoffa per farlo, e io non avrei permesso che premesse il grilletto. Così, ho trovato una soluzione.»

Nova corruga la fronte. «Hai trovato una soluzione?» Non è convinta. Ad essere sincero, più ci penso, meno sono convinto dell'idea.

«Noi due ci sposiamo, io entro nell'azienda di mio padre dopo l'università, a meno che non venga scelto dalla NHL. Poi, dopo che ho finito con l'hockey, sarò costretto a lavorare per lui.»

Lei poggia la testa tra le mani, il peso di tutto grava su di lei.

«Sposerai Harper?»

«Non vedo altra scelta,» dico. «Sai come Dante ripete sempre di proteggere la famiglia. Sto facendo diventare Harper parte della nostra famiglia.»

Nova solleva lentamente la testa, guardandomi. «Ma stai condannando la tua anima a lavorare per Dante,» dice. «Odi tuo padre. Hai sempre giurato che non saresti mai diventato come lui, che non avresti mai lavorato per lui. So che tieni a Harper, ma forse c'è un'altra soluzione.»

«Dovrò assicurarmi di essere selezionato dalla NHL,» dico. È l'unica risposta che mi offre una possibilità di libertà.

«Non sei solo, Luca. Troveremo una soluzione,» dice Nova.

«Grazie.»

«Quindi, perché Harper è con tua madre?» chiede per l'ennesima volta.

«Mamma ha sentito stamattina del nostro rapido fidanzamento. Vuole conoscere Harper e probabilmente la sta sottoponendo al suo personale interrogatorio.»

«Non è una buona notizia, considerando che tua madre era la figlia di Gino DeLuca.» Era un altro boss mafioso, ora solo un cadavere.

«Sì, ma Harper non lo sa. Non sapeva che questo posto fosse un complesso mafioso finché Caden non ha usato la parola con la *m*.»

«Madre,» Nova ride sguaiatamente.

«Sai cosa intendo.» Non volevo nemmeno tornare a casa. Non l'avrei fatto se non fosse stato per la festa di compleanno di Nova.

Ingoio la voglia di incolparla, tocca a me sopportare tutto questo. Avrei dovuto svegliarmi quando Harper è uscita dal letto. Era mio compito tenerla al sicuro, e ho fallito miseramente.

«Cosa faremo con questo bambino?» chiede Nova, inclinando la testa di lato mentre mi guarda.

Mi piace che siamo sulla stessa lunghezza d'onda. Noi due siamo sempre stati alleati sotto questo tetto, e mentre i nostri padri approvano la violenza, nessuno di noi vuole che ci sia altro spargimento di sangue.

Nova ha perso sua madre e la sua bambinaia quando era piccola.

Non so come sia riuscita a perdonare suo padre. Se mia madre fosse morta, non perdonerei mai Dante. Diavolo, ancora non lo perdono per quello che ho visto da bambino.

«Non posso chiedere a Dante,» dico guardandola in modo significativo. «Posso creare un'altra distrazione, ma ci sono telecamere e non sono sicuro che il mio stratagemma funzionerà di nuovo.»

«Parlerò con mio padre appena tornerà con Harper,» dice Nova. «Abbiamo il nome del bambino? Forse potremmo fare un po' di ricognizione e scoprire a chi appartiene.»

«Non lo so e Harper non l'ha menzionato.» Mi strofino la nuca. L'ansia mi punge la pelle. «Potrei mandare una soffiata anonima...»

«E far perquisire questo posto?» Nova si alza e sbuffa. «Potresti farci uccidere tutti!»

La porta dell'armadio si spalanca all'improvviso, e Dante ci fissa mentre teniamo la nostra piccola riunione segreta.

Quanto ha sentito? So che è meglio non chiedere, ma pesa molto su di me.

«Nulla passa inosservato sotto il mio tetto,» dice Dante, con voce gelida mentre ci fa cenno di uscire dall'armadio.

Nova mi supera in fretta, sapendo di non dover contrariare il don.

Io mi prendo il mio tempo, fermandomi all'ingresso del corridoio, e fisso il suo sguardo gelido. «Posso essere costretto a lavorare per te, ma non mi fiderò mai di te,» sibilo.

Dante non fa nemmeno una piega. «Posso convivere con il tuo odio, figlio. L'ho fatto per anni. La tua fidanzata sarà a casa tra pochi minuti. Ti suggerirei di concentrarti su *quello* invece che su qualsiasi altra cosa stavate tramando.»

Sbuffo sottovoce e lo supero, uscendo nel corridoio.

Almeno non sa di cosa stessimo parlando. Se lo

sapesse, probabilmente mi getterebbe nella cella con quel bambino.

Ignoro Dante e cammino lungo il corridoio. Nova è già scappata via, probabilmente per tenersi lontana da mio padre. Non la biasimo, è intelligente. Inoltre, vive ancora sotto il suo tetto fino al diploma, tra qualche settimana.

Fruga nella tasca della giacca, tira fuori il telefono e guarda lo schermo. Posso dire che sta tracciando mamma con la sua app, e io alzo gli occhi al cielo mentre mi dirigo in cucina.

Oggi ho mangiato a malapena, con lo stomaco che fa capriole dopo la scorsa notte, ma forse una tazza di caffè terrà almeno a bada l'imminente mal di testa.

Conosco bene la cucina e, sebbene abbiano uno chef personale, preferisco fare le cose a modo mio, seguendo le mie regole.

Qualche minuto dopo, sento il trambusto dal corridoio mentre mamma e Harper rientrano a casa.

Tiro un sospiro di sollievo, non perché temessi che mamma potesse fare qualcosa a Harper, ma perché Moreno era con loro. Il caffè è quasi pronto, ma dovrà aspettare. Mi affretto a controllare Harper, avvolgendole istantaneamente le braccia attorno alla vita.

Lei si appoggia al mio abbraccio, esalando dolcemente come se avesse trattenuto il respiro per tutto il giorno. So che è meglio non chiederle se sta bene. Inizia a sbottonarsi il cappotto, e io fermo le mie mani sulle sue. «Che ne dici di fare una passeggiata?» suggerisco, desiderando un po' di privacy per parlare.

«Oh, va bene.» Harper annuisce con condiscendenza, e io indosso il cappotto e le scarpe, accompagnandola fuori dalla porta sul retro verso il giardino. Anche se ci sono telecamere all'esterno, non captano alcun suono.

Le tengo la mano mentre camminiamo, riluttante a lasciarla andare. Ho bisogno di sentirla per sapere che è davvero al sicuro.

«Come è andato il pranzo e la spa con mamma?» chiedo.

«Abbiamo fatto solo pranzo,» dice Harper. Un pesante sospiro le esce dai polmoni.

«Così bene, eh?» Posso percepire la sua frustrazione.

Camminiamo l'uno accanto all'altra attraverso il giardino e nel bosco, dove almeno sembra pacifico. So che non è affatto così: la scorsa notte lei correva qui cercando di scappare con il bambino.

«Tua madre sembra gentile, ma non so... Moreno è stato con noi tutto il tempo. Si sentiva chiaramente che era lì per assicurarsi che non dicessi nulla a tua madre sulla scorsa notte.»

Le tiro la mano e smetto di camminare. «Sono sicuro che mamma sapesse cosa stava succedendo.»

Harper mi fissa, confusa. «Come?»

«Probabilmente glielo ha detto lui,» dico. «Non c'è modo che non abbia sentito lo sparo la scorsa notte o gli uomini che hanno invaso il complesso. Nova si è svegliata, avevano una guardia fuori dalla sua porta.»

«Oh,» sussurra Harper, con gli occhi spalancati. «Pensi che... fosse un test?» Le sue guance si infiammano, e posso solo sperare che, se lo era, l'abbia superato.

«Raccontami cosa è successo.»

Mi racconta gli eventi del pranzo, di come mia madre le abbia chiesto di noi. Niente sembra sospetto finché non ammette che mamma è andata a controllare in bagno quando non riusciva a mangiare il pranzo.

«Giuro che non ho menzionato il bambino,» sussurra Harper. «Stavo per farlo, ma ci ho ripensato.»

«Bene.»

«Cosa le hai detto?» chiedo.

«Che stavo avendo un attacco di panico ed ero sopraffatta. Non è una bugia.»

Mi si spezza il cuore sentendo ciò che Harper sta passando. La tiro più stretta, più vicina, avvolgendole le braccia intorno. Il suo dannato cappotto è d'intralcio, ma non m'importa. Le mie dita si spostano sulla sua guancia, accarezzando la pelle morbida mentre faccio scorrere le dita nei suoi capelli, attirando le sue labbra più vicino alle mie. «Siamo in questa situazione insieme,» sussurro.

Lei trema e sorride debolmente. «Sì, lo so.»

«Rientriamo se hai freddo.»

La accompagno di nuovo in casa. Ci sono diversi

gradi in più, e già sto sudando per il brusco cambio di temperatura.

Mi tolgo la giacca e le scarpe, Harper fa lo stesso.

Passiamo davanti alla cucina, e mi fermo quando sento la voce di Nova e scorgo la nuca di Moreno mentre ci dirigiamo nella loro direzione. Sono in piedi diverse porte più avanti, e trascino Harper con me nel bagno aperto, non volendo interromperli.

Mi metto un dito sulle labbra, facendole cenno di rimanere in silenzio e ferma.

«Da quando ti occupi di rapire bambini?» chiede Nova, fulminando suo padre con lo sguardo.

QUATTORDICI

NOVA

È impossibile vivere sotto il tetto della mafia e non avere idea di ciò che succede. Bisognerebbe essere completamente stupidi.

Ho vissuto in questa stessa casa tutta la mia vita, o almeno tutto ciò che riesco a ricordare.

Mia madre è morta quando ero bambina, i ricordi ancora vividi, ma con lampi di sangue che offuscano i confini della realtà avvolta nel trauma.

Anni di terapia quando ero piccola mi hanno aiutata a elaborare parte di tutto ciò, ma naturalmente, la terapeuta non era una psicologa qualunque.

Lavorava per mio padre, Moreno Ricci.

La fiducia è una di quelle cose che, una volta che inizia a sgretolarsi, non può mai essere completamente integra di nuovo. E mentre mi fido di mio padre, non mi fido di lui implicitamente.

So che fa cose brutte.

Non è un uomo buono, ma è stato buono con me.

Ha portato Paige nella mia vita, la mia matrigna, che mi ha aiutata ad affrontare le perdite e mi ha fatto capire che mio padre non è un mostro, ma solo un uomo.

Il che mi rende più facile tenergli testa, anche se è folle e stupido.

«Non ci posso credere!» sibilo, ringhiando praticamente contro di lui.

Mi sono assicurata che non ci fosse nessun altro intorno quando ho iniziato il mio interrogatorio.

Lui resta lì, fissandomi, aspettando che io mi spieghi meglio.

«Sembri proprio tua madre» dice, con un tono dolce,

ma colpisce una corda dentro di me, e sospetto anche dentro di lui.

Non chiedo se intenda la mia matrigna Paige o la mia madre biologica, che ricordo appena. Gli unici ricordi che porto di lei sono quelli raccapriccianti del suo omicidio.

«Non è giusto» dico. Sta cercando di disarmarmi emotivamente. Non sono una bambina che corre in giro per questo posto con la testa tra le nuvole.

Vedo cosa sta succedendo, e so molto più di quanto do a vedere. Ho anche imparato che il silenzio mi tiene lontana dai guai. Un motivo per cui ero muta da bambina. Se non potevo dire nulla, non potevo essere ferita.

Almeno, ci credevo fermamente finché non ho capito che mio padre avrebbe fatto qualsiasi cosa per proteggermi, per proteggere la famiglia.

Papà lavora per Dante. Esegue ordini, obbedisce sempre; è ciò che lo rende un ottimo secondo in comando. E se qualcosa accadesse a Dante, probabilmente papà ne prenderebbe il posto.

Il che andrebbe bene. Non sto sperando che Dante tiri le cuoia, ma non porto nemmeno alcun disprezzo per mio padre. So chi è. L'ho imparato da piccola, così piccola che non ricordo un tempo prima di allora.

Per me, è sempre stato mafia, prima ancora che sapessi cosa fosse o significasse la mafia stessa.

Papà mi guarda con occhi curiosi, ma non dice nulla. Sta aspettando che io parli o che me ne vada. Sono sicura che stia pregando silenziosamente che io me ne vada, ma non è questa la figlia che Paige ha cresciuto.

«Da quando sei nel business di rapire bambini?» È come se il mio corpo stesse emanando vapore e non riesco a trattenermi dall'esigere una risposta.

I suoi occhi mi avvertono di tacere, ma non posso semplicemente fare marcia indietro quando ho sentito che c'è un bambino tenuto contro la sua volontà. «Nova.» Il suo tono è tutto ciò di cui ha bisogno con l'uso del mio nome, e mi sta dicendo di fare un passo indietro.

No, non lo farò.

Apro la bocca, e lui mi afferra per il braccio e mi trascina in cantina.

«Oh, cazzo no» mormoro, cercando di liberarmi. «Che diavolo?» Non posso credere che mio padre mi tradirebbe.

«Zitta, o ci farai ammazzare entrambi» dice tra i denti serrati. Ci fermiamo sulle scale e lui scende furtivamente, assicurandosi che non ci siano guardie nel seminterrato. Non ce n'è bisogno con la cella della prigione ben chiusa.

I miei occhi si spalancano quando vedo il bambino, e il mio cuore mi fa fisicamente male per lui. «Sei un fottuto mostro!»

«Linguaggio!» Papà non è contento delle mie parole e, beh, io non sono minimamente contenta delle sue azioni.

«Ti preoccupi del mio linguaggio? Come hai potuto rapire un bambino?» Indico il ragazzino nel seminterrato.

«Non lo stiamo esattamente rapendo.»

«Stai cercando di razionalizzare quello che hai fatto?» Non posso credergli. Mi libero dalla sua presa, non fidandomi che non mi getterà dietro le sbarre come prossima vittima. Per sapere troppo, per aver detto qualcosa, per avergli disobbedito... i motivi sono infiniti.

Lui è della mafia, e io sono solo la figlia del vicecapo.

Non sono nessuno per loro, ma sospetto che se mi accadesse qualcosa, Paige non lo perdonerebbe mai. Questa è l'unica cosa a mio favore. La mia matrigna mi ama tanto quanto ama lui.

«Io non devo rispondere a te,» dice papà.

«Per favore, aiutami.» Il bambino dietro le sbarre fa un passo avanti nella luce.

L'area è debolmente illuminata, ma è chiaro che indossa ancora il pigiama.

«L'hai rapito dal suo letto?» Sono inorridita e disgustata.

«Stiamo solo proteggendo la famiglia,» dice papà. Non batte ciglio, ma conosco mio padre. Non farebbe mai del male a un bambino, ma si vendicherebbe per un bambino che è stato ferito. Fisso il piccolo, chiedendomi se qualcuno gli abbia fatto del male, ma se fosse così, perché Dante avrebbe ordinato di prelevare il bambino da casa sua e rinchiuderlo in una gabbia?

«Certo, perché questo bambino è una seria minaccia alle fondamenta della vostra organizzazione.»

«È suo padre la minaccia, Nova, e questo è tutto ciò che devi sapere.»

«Dimmi in che modo,» dico, fissandolo, implorando il suo aiuto. «Non puoi semplicemente lasciare il bambino qui per sempre, e qual è il tuo piano dopo che avrai, cosa... fatto fuori suo padre?»

«Non ti devo alcuna risposta.»

«Mi devi delle risposte per la morte di mamma.» Lo fisso freddamente.

I suoi occhi si velano di rabbia o tristezza; non ne sono sicura. «Basta così, Nova. Sappi solo che stiamo facendo ciò che è necessario per proteggere i *bambini*.» Lo dice con tale certezza nella voce, con tale convinzione, come se credesse davvero di star facendo la cosa giusta.

«Quanto tempo prima che venga rilasciato?» chiedo. «Non puoi tenerlo rinchiuso, e ti giuro che se hai intenzione di torcere anche solo un capello di quel bambino...»

Papà mi sorride. «Cosa farai?» Inclina la testa, divertito dalle mie minacce. «Non avrei mai pensato di dirlo, ma potresti davvero entrare negli affari di famiglia un giorno.»

«Sul mio cadavere,» sbuffo alla sua proposta.

«Non essere così melodrammatica, Nova, saresti veramente contenta della nostra missione.»

«Rapire un bambino?» Scuoto la testa e mi avvicino alla cella. «Stai bene? Hai bisogno di cibo, acqua, una coperta?» chiedo, ignorando il mio stesso sangue.

«Sta bene,» mi urla papà.

Il bambino si stringe nelle spalle.

«Come ti chiami?»

La voce di papà rimbomba attraverso la cella. «Diglielo, e ti ucciderò io stesso.»

Il bambino si ritira nell'angolo della cella.

«Sei un mostro,» ringhio a papà e comincio a salire pesantemente le scale.

Mi afferra per il braccio, tirandomi indietro, giù dai due gradini che avevo fatto. «E tu ci farai uccidere entrambi se loro sapranno che ti ho detto qualcosa. Cos'è, vuoi farci ammazzare?»

«Non ho paura di morire,» dico, fissandolo freddamente negli occhi. «Ho smesso di avere paura quando ho visto mia madre morire davanti a me.»

Lui espira bruscamente. «Mi dispiace che tu abbia assistito a quello, Nova.»

Papà si avvicina, la sua mano tesa per toccarmi, e io mi ritraggo, tenendomi fuori dalla sua portata. Non è che di solito crederei che mi farebbe del male, è che ha un bambino imprigionato, e sto cominciando a chiedermi se conosca davvero mio padre.

QUINDICI

NIKKI

Il pranzo va più o meno come mi aspettavo. Sono un po' sollevata che abbiamo finito per cancellare il nostro appuntamento pomeridiano alla spa perché non credo che Harper ed io avremmo potuto sopportare altre due ore insieme.

«Sei tornata, gattina,» dice Dante, accogliendomi non appena varco la porta. Le sue mani sono dappertutto su di me, il suo respiro mi solletica il collo, e giuro che più sto lontana, più quest'uomo brama la mia compagnia.

Mi aiuta a togliermi il cappotto, e io mi sfilo le

scarpe, seguendolo lungo il corridoio fino al suo ufficio.

Dante ha il braccio avvolto attorno alla mia vita mentre mi trascina nel suo rifugio privato e mi spinge contro la porta, chiudendola con forza dietro di noi. La sua bocca è incollata alla mia, la sua lingua mi separa le labbra, e io acconsento volentieri.

Quasi vent'anni insieme, e quest'uomo mi fa ancora tremare le ginocchia. Le sue labbra coprono la mia pelle di baci, scendendo lungo il collo, e sento il calore diffondersi in tutto il mio corpo.

«Dante,» mormoro in modo quasi incoerente mentre cerco di concentrarmi sul motivo per cui siamo effettivamente nel suo ufficio.

Non ha nulla a che fare con il sesso, ma in qualche modo, ce ne dimentichiamo sempre quando siamo soli noi due. Non c'è da meravigliarsi se abbiamo avuto solo Luca e non una dozzina di figli, ma sono grata per quello che ho.

«Raccontami tutto.» Dante scende con i baci fino ai miei seni, e le mie dita si intrecciano nei suoi folti capelli scuri mentre tiro il suo viso verso l'alto per fargli raggiungere il mio.

«Non tradirà la famiglia,» dico, certa di aver trascorso abbastanza tempo con lei per conoscere la verità.

«Ne sei sicura?» chiede Dante, con la fronte aggrottata mentre si allontana dal nostro scambio appassionato di baci.

«È combattuta, questo è ovvio, ma non menzionerà ciò che ha visto ieri sera o il ragazzino, e le ho dato l'opportunità di dirmelo in privato. Non devi toccarle nemmeno un capello,» lo avverto.

Un sorriso storto attraversa il suo volto. È raro vederlo sorridere, ma adoro quando abbassa la guardia per farmi entrare. «Mi stai dando ordini, gattina?»

«Ti sto dicendo che se la ferisci, nostro figlio non te lo perdonerà mai.»

Dante si allontana e incrocia le braccia sul petto. Incrocia le gambe mentre si appoggia alla scrivania, considerando le mie parole. «Ci sono altre ragazze.»

«Non ho parlato da sola con Luca, ma sospetto che la ami, ed è ovvio che lei tiene molto a lui. Hai sentito i due ieri sera.»

Dante ridacchia. «Chi non li ha sentiti? Ma il sesso è solo questo. Tu e io scopavamo molto prima di innamorarci. Lui troverà un'altra ragazza se decido di dare l'ordine.»

«Se dai quell'ordine, dovrai anche sceglierti una nuova moglie,» lo minaccio.

Lo sguardo di Dante si indurisce, e si avvicina di nuovo a me. «Mi stai minacciando, gattina?»

«Ti sto ricordando che hai quasi perso tuo figlio una volta. Dai l'ordine di ucciderla, e lo perderai per sempre.»

Lui emette un sospiro leggero e si volta. Sta considerando le sue parole, o forse le sue azioni.

«Credi davvero che ci si possa fidare di Harper?» Si dirige verso la scrivania e apre una cartella che lo aspetta.

«Ti fidavi di me quando ci siamo incontrati?» chiedo, ribaltando la situazione.

Lui sorride maliziosamente, guardando le pagine, esaminando attentamente ciascuna mentre mi parla. «Sapevo chi eri dal primo momento in cui ti ho vista, gattina. Perché credi che abbia scelto il nome Daniel?»

Avvicinandomi alla scrivania, gli do un colpetto sul braccio e alzo gli occhi al cielo. «Mi hai scopata per arrivare a mio padre.» Ho sempre sospettato che fosse così, ma non l'ho mai sentito verbalizzare la verità. Vorrei essere arrabbiata con lui, ma onestamente non posso odiare l'uomo che ho sposato.

Mi ha salvato la vita, mi ha protetta e mi ha aiutata a crescere nostro figlio.

Luca potrebbe non perdonare Dante per tutto ciò che ha fatto, ma è un padre decente. Gino, il mio vecchio, è stato molto peggio con me.

«Devo ammettere che, per quanto tu odi Harper, lei ha cercato di salvare quel bambino, Rylan.» C'è parecchia tenacia in lei, e Dante non può negare che sono dalla stessa parte, anche se Harper e Luca non se ne rendono conto.

«Non la odio...» dice Dante, ma lascia che le parole restino sospese nell'aria. «Semplicemente, non mi fido di lei. Potrebbe distruggere tutto, farci uccidere o, peggio ancora, tradirci.»

È impossibile sapere come reagirà quando tornerà al campus. Non possiamo tenerla rinchiusa per sempre nella nostra casa. Per quanto possa essere tentante, i suoi amici, la sua famiglia, tutti inizierebbero a sospettare.

«Ti fidi del mio giudizio?»

«Implicitamente» risponde Dante, alzando lo sguardo dal fascicolo, le sue dita si intrecciano nei miei capelli mentre avvicina le mie labbra alle sue. «Mi sono sempre fidato di te; sei tu che non ti sei sempre fidata di me» mi ricorda.

«Era tanto tempo fa» dico, «quando ci siamo conosciuti.» Sorrido contro le sue labbra e mi allontano. «Quello che stai facendo con Rylan è nobile ma sbagliato.»

«Non ti ho chiesto un consiglio...» dice, lanciandomi un'occhiataccia, ma non è arrabbiato. Ho visto il suo sguardo quando è furioso, e non è niente come questo. Il suo sguardo è più acceso di lussuria che di rabbia.

«L'hai portato nella nostra casa, sotto il nostro tetto. Avevi giurato che non saresti mai stato coinvolto nel far del male ai bambini o nel traffico di minori.»

«Non lo sono!» Sembra esasperato. «Credi che abbia un'altra opzione? Ho ordinato un omicidio su commissione contro suo padre, l'uomo che *sta* trafficando bambini, responsabile dello stupro di decine di ragazze minorenni... bambine. Mi dispiace se suo figlio è stato coinvolto in questo, ma la sua famiglia e la sua casa verranno rase al suolo, e l'unico modo per garantire che il bambino fosse al sicuro era portarlo qui.»

Stringo le labbra, rattristata che questa fosse l'unica opzione. «Quel bambino un giorno diventerà un uomo, e ci odierà» dico, avvertendo Dante del pericolo che sta creando per la nostra famiglia, che lo voglia o meno.

Si allontana da me, con gli occhi ardenti. Ha dormito a malapena la notte scorsa.

Non è l'unico privato del sonno. Dopo che Moreno ha fatto irruzione nella stanza, svegliandoci e mettendo Dante al corrente mentre si vestiva, non sono più riuscita a dormire.

Temevo per mio figlio, che Luca potesse farsi uccidere.

Dante non ha sempre la testa a posto e, sebbene Moreno cerchi di impedire che la situazione esploda in faccia a entrambi, questa volta è stata molto peggio per tutti i coinvolti.

«Cosa dovrei fare? L'omicidio è programmato per domani sera. Non posso semplicemente riportare il ragazzo a casa sua. Verrebbe ucciso insieme a loro.»

«E qual è il tuo piano dopo che la sua famiglia sarà morta?» chiedo. A volte mi chiedo se Dante pensi davvero alla logistica delle sue azioni. Lo amo, ma a volte la sua testardaggine ostacola la protezione della sua famiglia.

«Avevo intenzione di fargli trovare la strada verso la polizia.»

«Certo, così potrebbe identificare te, i nostri uomini, la nostra casa?» Non ci credo alla sua storia. «Dante, che diavolo avevi intenzione di fare con Rylan?»

«Volevo crescerlo come nostro figlio. Far credere a tutti che fosse morto nell'esplosione. I resti saranno irriconoscibili. Penseranno che sia morto anche lui. Con il tempo, dimenticherà il suo passato, la sua famiglia, tutto quanto.»

«Non è un neonato. Ricorderà la sua famiglia, e la prigione, la paura che gli hai fatto provare. Pensi davvero che crescerà come nostro figlio? Quello che suggerisci è pura follia. Potrebbe avere altri parenti: nonni, uno zio o una zia.»

«Ho già controllato. Non c'è nessun altro. Finirebbe in affido. L'hai detto tu stessa, Nikki. Non possiamo permettergli di condurre la polizia a casa nostra. Ha visto i nostri volti, il che lascia le uniche opzioni praticabili: o appartiene a noi o lo uccidiamo.»

«Per l'amor del cielo, Dante! Non uccideremo un bambino.»

«Allora credo che sia deciso. Sarà nostro figlio.»

Alzo le braccia al cielo. «Non puoi semplicemente ordinarlo e far sì che diventi realtà.» Ricordo il trauma che aveva avuto Nova, come era rimasta muta, e quanto tempo ci è voluto perché tornasse a fidarsi.

«Inoltre, lui ci vede come i suoi rapitori. Cosa succederà dopo? All'improvviso lo liberi, lo salvi?»

«No, lo farai tu» mi dice Dante. «Lo crescerai tu, facendogli capire che non deve temerci, e con il tempo dimenticherà ciò che è successo in cantina.»

«Ti sbagli. Non dimenticherà. Non puoi semplicemente cancellare i suoi ricordi.»

«Dimmi cosa faresti tu,» dice Dante, allungando le dita per spostarmi i capelli dal viso. «Se fossi tu il don, come gestiresti questa piccola situazione?»

«Non avrei iniziato mettendolo nella prigione del seminterrato!»

Dante trasalisce, forse rendendosi conto del suo errore. «Avrebbe dovuto vedere solo Caden.» Una responsabilità che poteva essere facilmente eliminata. «Harper ha mandato tutto a puttane quando è scesa da quelle scale. Cosa faresti *adesso*?» mi chiede.

«Dare la colpa a Harper è stato il tuo primo errore. *Tu* avresti dovuto stare lontano da quel seminterrato e lasciare entrare nella prigione solo Caden e chiunque altro lo avesse ricatturato. Eri troppo preoccupato per il coinvolgimento di tuo figlio e per la ragazza che gli piace per poter pensare lucidamente,» dico.

«Chiunque altro l'avrei ucciso per avermi parlato in questo modo,» sbuffa Dante.

«Beh, me lo hai chiesto tu,» rispondo, senza la minima paura di mio marito. Ho vissuto con lui abbastanza a lungo da riconoscere i suoi umori buoni da quelli cattivi. È scontento ma non pronto a commettere un omicidio.

«Ti ho chiesto cosa faresti ora, non cosa ho sbagliato io,» dice. Sbuffa e mi volta le spalle, tornando a concentrarsi sul fascicolo sulla sua scrivania, pieno di pagine su Harper McKenna. Tutto, dai suoi account sui social media, post, messaggi, e-mail, referti medici e cartelle cliniche. È molto più di un semplice controllo dei precedenti.

Mi fermo, considerando tutte le opzioni e le variabili. «Porterei Rylan di sopra, lo farei sedere davanti alla televisione e gli lascerei guardare il telegiornale. Lascerei che vedesse quando l'esplosione fa notizia, e si rendesse conto che la sua famiglia e tutti quelli che conosce sono morti.»

«Crudele,» sussurra Dante, inclinando la testa verso di me. «Hai davvero sangue mafioso nelle vene.»

«Non lo suggerisco per essere crudele, ma solo perché capisca che non ha nessun posto dove andare, e che noi l'abbiamo salvato.»

«Ci darà la colpa,» dice.

Dante ha ragione. Rylan ci incolperà, ma forse meritiamo la colpa. Non siamo innocenti in tutto questo, e non pretendo di essere una santa.

«C'è sempre Rhys,» dico, stringendo le labbra mentre considero l'implicazione di ciò che sto per suggerire. «Rhys e Rylan non si sono incontrati. Hai ordinato a Rhys di rimanere fuori dalla porta di Nova ieri sera, ho ragione?»

«Rhys protegge sempre Nova,» dice Dante. «È praticamente la sua guardia del corpo personale.»

«Esatto. È bravo con i bambini. Sa come proteggerli, e potremmo inscenare una fuga in cui Rhys salva Rylan. Poi lo porta in un motel squallido, e insieme possono assistere alla distruzione della sua famiglia al telegiornale. A quel punto, si fiderà di Rhys, e tu potrai dare a entrambi nuove identità.»

Si accarezza il mento mentre considera il mio suggerimento. «Non è male, tranne per il fatto che Rhys non sarà entusiasta del nuovo incarico. Padre a tempo pieno di un bambino che non è suo?»

«Aumentagli lo stipendio e mandali entrambi alle Cayman o in Costa Rica. Lascia che Rhys si goda un pensionamento anticipato quando avrà finito di crescere Rylan. Rhys farà qualsiasi cosa tu gli chieda,» dico. «È un buon soldato.»

«È chiedere molto,» dice Dante, rendendosi conto del peso di ciò che ha fatto, «ma penso che funzionerà.»

La sua attenzione torna ancora una volta al fascicolo, che ora è sparpagliato sulla sua scrivania, pagine su pagine.

Guardo oltre la sua spalla, esaminando le informazioni davanti a noi.

Harper McKenna.

Ha fatto un controllo sui precedenti della ragazza, non è un grande shock.

«Qualcosa di interessante?» chiedo, appollaiandomi sul bordo della scrivania.

«Sì,» dice e trascina il dito sulla parte evidenziata che vuole che io legga.

Il respiro mi si blocca in gola mentre i nostri occhi si incontrano.

Sembra che Harper abbia custodito un segreto tutto suo.

SEDICI

HARPER

Non voglio cenare con i genitori di Luca, ma sembra che non abbia altre opzioni.

«Andrà tutto bene, sii te stessa,» sussurra Luca mentre porto la mia borsa al piano di sotto. Dopo cena, Luca ha in programma di riportarci al campus.

Ashton è tornato al campus in autobus. Ha fatto chiaramente capire che non voleva partecipare alla cena di stasera, ma credo che in realtà sia stato Luca a dirgli di togliersi dai piedi.

La tensione tra Ashton e Luca è aumentata dalla scorsa notte, e non credo che si dissiperà tanto presto.

Sarò sollevata di tornare a casa, ma non senza cicatrici e incubi. E c'è poco che io possa fare per il bambino nascosto nel loro seminterrato. Ho bisogno di un piano, uno che non mi faccia catturare, e questo è impossibile con il numero di guardie presenti giorno e notte.

Quanto al fidanzamento, non ho ancora contattato i miei genitori. Lo farò la prossima settimana quando dovrò invitarli a casa dei Ricci per cena.

Non posso fare a meno di chiedermi se esista una via d'uscita da questo pasticcio, ma non l'ho ancora trovata. Davvero sposerò Luca Ricci?

«Andiamo,» dice Luca, e mi prende la mano, guidandomi verso la sala da pranzo per cenare con i suoi genitori.

Sono sollevata nel vedere Nova unirsi a loro a tavola, ma anche Moreno e Paige cenano con noi, e spero che possano essere la distrazione maggiore di questa sera.

«Quando hai detto cena di famiglia...» la mia voce si affievolisce.

«Qui siamo tutti famiglia,» dice Moreno, «meglio che ti abitui.»

Espiro, e un sospiro mi sfugge mentre mi dirigo verso uno dei posti liberi al tavolo dove Luca tira indietro la sedia perché io mi sieda. Almeno siamo seduti insieme. Mi stringe la mano prima di lasciarla andare, allungandosi verso il suo bicchiere d'acqua.

«Saltiamo le formalità,» dice Nikki, con gli occhi fissi su di me. «Sono perfettamente consapevole della situazione, che stai sposando mio figlio per ottenere protezione invece della morte.»

Le sue parole mi feriscono profondamente, cogliendomi di sorpresa.

«Mamma!» Gli occhi di Luca si spalancano, increduli.

«Voglio solo essere onesta, il che penso sia importante, non credi, cara?» dice Nikki mentre mi fissa.

Annuisco lentamente. «Sì, l'onestà è importante,» dico, ma pensavo che non volessero che io fossi onesta; volevano che nascondessi la verità su ciò che avevo visto nel seminterrato. Non era proprio parlare onestamente ciò che avrebbe dovuto farmi uccidere?

«Bene,» dice Nikki, e i suoi occhi brillano, ma non c'è proprio un sorriso sul suo viso. «Sono così felice che siamo sulla stessa lunghezza d'onda.» Ride sommessamente, guardando Paige. «Come tua famiglia, ci aspettiamo completa trasparenza. Capisci?»

«Mamma?» interrompe Luca. «Cosa stai facendo?»

Lei alza un dito, indicando che non ha ancora finito.

«Sì, capisco. Completa trasparenza con la vostra famiglia. Tenere la bocca chiusa fuori dalla famiglia,» ribadisco.

«Bene. Ora, c'è qualcosa che vorresti dirci o dire a Luca?» chiede Nikki.

Pensavo di apprezzare Nikki, ma il modo in cui mi sta fissando, aspettando qualcosa, e non sono sicura cosa, mi fa capire che è astuta quanto suo marito.

«Non credo,» dico e guardo Luca. «Sai cosa sta succedendo?» sussurro a Luca.

Lui scuote la testa in segno di diniego.

Il bambino è fuggito? È questo il motivo dell'improvvisa serie di domande? Credono che io c'entri qualcosa?

Dante si acciglia. «Sono deluso da te, Harper. Avevo grandi speranze che questo accordo di matrimonio funzionasse, ma se non sei onesta, scoprirai molto in fretta come amministriamo le punizioni.»

Le mie mani tremano.

«Giuro, non so di cosa state parlando.»

Dante recupera un fascicolo che è rimasto sulle sue ginocchia, nascosto sotto il tavolo. Apre la cartella, il contenuto mi fissa dritto in faccia.

L'aria mi esce dai polmoni.

Nessuno doveva saperlo.

«Hai omesso di menzionare che hai un figlio.»

Continua...

La storia continua in "Tra Ghiaccio e Giuramenti" (Ghiaccio Cremisi - Libro Due).

L'AUTORE

Willow Fox ama la scrittura da quando ancora andava al liceo (molte ere fa). I suoi romanzi ambientati in provincia, riflettono la vita delle piccole città dell'America rurale.

Che stia scrivendo romanzi romantici o seduta all'aperto accanto al fuoco a leggere un buon libro, Willow adora le pagine colme di parole di scritte.

Sogna il colpo di fulmine e spera di riuscire a farlo scattare nei suoi lettori!

Visita il suo sito web:

https://shopwillowfox.com

Voto Non Voluto

Voto Spietato

Fratelli Bratva

Boss Brutale

Boss Diabolico

Boss Possessivo

Boss Ossessivo

Boss Pericoloso

Padre Single Autoritario

Il Burbero Miliardario

Burbero di Montagna

Il Burbero Scapolo

Romance degli Ice Dragons

Fingere con il Miliardario

Sfidare il Giocatore di Hockey

Arrestare il Giocatore di Hockey

Ghiaccio Cremisi

Tra Lame e Sangue

Tra Ghiaccio e Giuramenti